Quand tu écouteras cette chanson

DE LA MÊME AUTRICE

Une fièvre impossible à négocier, Flammarion, 2003 ; Babel n° 1405.

De ça je me console, Flammarion, 2007 ; Babel n° 1481.

Nous sommes les oiseaux de la tempête qui s'annonce, Flammarion, 2011 ; Babel n° 1248.

La petite communiste qui ne souriait jamais (prix *Ouest-France*/Étonnants voyageurs, prix de la Closerie des Lilas, grand prix de l'Héroïne *Madame Figaro*, prix *Version Femina*, prix littéraire d'Arcachon, prix des Lecteurs de Levallois, prix Jules Rimet, prix des Lecteurs du Festival du livre de Mouans-Sartoux, prix Calibo de Sainte-Cécile-les-Vignes), Actes Sud, 2014 ; Babel n° 1319.

Mercy, Mary, Patty, Actes Sud, 2017 ; Babel n° 1618.

Chavirer (prix du Roman des étudiants France Culture-*Télérama*, prix Landerneau des lecteurs, Choix Goncourt de la Suisse, Prix littéraire des étudiants de Sciences Po), Actes Sud, 2020 ; Babel n° 1813.

Le loup, l'épée et les étoiles, Éditions de l'Aube, coll. « Le 1 en livre », 2021.

Lola Lafon

Quand tu écouteras cette chanson

Stock

Photographie de bande : Lynn S.K.
Création graphique : Atelier 25
ISBN : 978-2-234-09247-1

« Les hommes sont complices
de ce qui les laisse insensibles. »
George Steiner

« Mais ce qui à la fois est absent
aussi bien que présent,
sache le voir, par la pensée,
d'un regard que rien ne déroute. »
Parménide

C'est elle. Une silhouette, à la fenêtre, surgie de l'ombre, une gamine. Elle se penche, la main posée sur la rambarde, attirée sans doute par un bruissement de rires, dans la rue : celui d'un élégant cortège de robes satinées et de costumes gris.

Elle se retourne, semble héler quelqu'un : c'est un mariage, viens, viens voir. Elle insiste, d'un geste de la main, impatiente, elle appelle encore, qu'on la rejoigne, vite. C'est si beau, ce chatoiement d'étoffes, ce lustre des chignons. C'est elle, au deuxième étage d'un immeuble banal, une petite silhouette qui rentre dans l'histoire, au hasard d'un mouvement de caméra.

Elle est vivante, elle trépigne, celle qu'on ne connaît que figée, sur des photos en noir et blanc. Elle a douze ans. Il lui en reste quatre à vivre.

Ce sont les uniques images animées d'Anne Frank. Des images muettes, celles d'un court film amateur tourné en 1941, sans doute par des proches des mariés. Sept secondes de vie, à peine une éclipse.

Comme elle est aimée, cette jeune fille juive qui n'est plus. La seule jeune fille juive à être si follement aimée. Anne Frank, la sœur imaginaire de millions d'enfants qui, si elle avait survécu, aurait l'âge d'une grand-mère ; Anne Frank l'éternelle adolescente, qui aujourd'hui pourrait être ma fille, a-t-on pour toujours l'âge auquel on cesse de vivre.

Anne Frank, que le monde connaît tant qu'il n'en sait pas grand-chose. Une image, celle d'une pâle jeune fille aux cheveux sagement retenus d'une barrette, assise à son petit secrétaire, un stylo à la main. Un symbole, mais de quoi ? De l'adolescence ? De la Shoah ? De l'écriture ?

Comment l'appeler, son célèbre journal, que tous les écoliers ont lu et dont aucun adulte ne se souvient vraiment ? Est-ce un témoignage, un testament, une œuvre ? Celle d'une adolescente enfermée pour ne pas mourir, dont les mots ne tiennent pas en place.

Celle d'une jeune fille, qui n'aura pour tout voyage qu'un escalier à monter et à descendre, moins d'une quarantaine de mètres carrés à arpenter, sept cent soixante jours durant.

Anne Frank à laquelle sont dédiés des chansons, des poèmes et des romans, des requiems et des symphonies. Son visage est reproduit sur des timbres, des tasses et des posters, son portrait est tagué sur des murs et gravé sur des médailles. Son nom orne la façade de centaines d'écoles et de bibliothèques, il a été attribué à un astéroïde en 1995. Ses écrits ont été ajoutés au registre de la « Mémoire du monde » de l'Unesco en 2009, aux côtés de la Magna Carta.

Anne Frank qui, à l'été 2021, fait la une des actualités néerlandaises : à Amsterdam, des manifestants anti-pass sanitaire brandissent son portrait, ils scandent : « Liberté, liberté. »

Anne Frank vénérée et piétinée.

Le 18 août 2021, j'ai passé la nuit au Musée Anne Frank, dans l'Annexe.

Je suis venue en éprouver l'espace car on ne peut éprouver le temps. On ne peut pas se représenter la lourdeur des heures, l'épaisseur des semaines. Comment imaginer vingt-cinq mois de vie cachés à huit dans ces pièces exiguës ?

Alors, toute la nuit, j'irai d'une pièce à l'autre. J'irai de la chambre de ses parents à la salle de bains, du grenier à la petite salle commune, je compterai les pas dont Anne Frank disposait, si peu de pas.

Comment l'appeler ? Je dis *Anne*, mais cette fausse intimité me met mal à l'aise. Je ne peux pas dire *Anne*, quelque chose m'en empêche, qui, au cours de ma nuit, se matérialisera par l'impossibilité d'aller dans sa chambre. Alors je dis *Anne Frank*, comme on fait l'appel, comme on évoque l'ancienne élève brillante d'un collège fantomatique. Deux syllabes.

La nuit, je me la figurais semblable à un recueillement, à un silence. J'imaginais la nuit propice à accueillir l'absence d'Anne Frank, je me préparais à être au diapason du vide, à le recevoir.

Je me suis trompée. La nuit s'est habitée, éclairée de reflets ; au cœur de l'Annexe, une urgence se tenait tapie encore, à retrouver.

En ce mois de mai 2021, Amsterdam, comme Paris, est encore partiellement confinée. L'entretien avec le directeur du Musée, Ronald Leopold, aura lieu par écrans interposés. Cette conversation est déterminante ; lui seul peut m'accorder l'autorisation de passer une nuit dans l'Annexe. Nous discutons de choses et d'autres, une façon de faire connaissance. S'il se réjouit de l'écho que rencontre encore l'histoire d'Anne Frank, le directeur regrette que cette adoration pour la jeune fille fasse de l'ombre à son œuvre, celle d'une autrice prodige.

Certains viennent chaque année, depuis des décennies, se recueillir dans sa chambre. Ils laissent des lettres, des peluches, des chapelets, des bougies. Il n'est pas rare qu'une visiteuse du musée refuse de quitter l'Annexe, persuadée d'être la réincarnation de la jeune fille.

S'identifier à ce point laisse le directeur perplexe. L'appeler par son prénom, comme le font certains de ses collègues, l'embarrasse également.

Bien sûr, travailler journellement au Musée crée une proximité avec elle, mais Anne Frank n'est ni une parente, ni une amie.

À ce propos, il n'a nullement l'intention de me soumettre à un questionnaire, mais Leopold aimerait savoir : que représente la jeune fille pour moi ?

Je fais comme si mon projet était mû par quelque chose de rationnel. J'adopte un ton détaché, je parle de mon travail, des jeunes filles qui sont au cœur de mes romans : toutes se confrontent à l'espace qu'on leur autorise. Toutes, aussi, ont vu leurs propos réinterprétés, réécrits par des adultes.

J'improvise.

Je n'ose lui dire la vérité, craignant que Ronald Leopold me prenne pour une illuminée, obsédée par Anne Frank. Je ne peux lui expliquer que ce projet d'écriture est un désir que je ne comprends pas moi-même, il me poursuit depuis qu'il s'est matérialisé, il y a quelques semaines.

Une nuit d'avril, deux syllabes, que je prononce, peut-être, dans mon sommeil, surgissent de l'enfance. Anne. Frank.

Je n'ai pas pensé à elle les jours précédents, je n'ai rien lu à son sujet. Je me souviens à peine du *Journal*. Son nom s'impose à la nuit. Anne Frank est l'objet de mon éveil, le sujet que rien ne dissipe les jours suivants. Elle résonne avec quelque chose dont je n'ai pas encore conscience.

Je ne peux pas avouer au directeur que je ne sais pas ce qu'elle est pour moi, mais que je dois écrire ce récit.

Même au travers d'un écran, mon malaise doit être palpable. Ronald Leopold me rassure, nul besoin de lui répondre tout de suite. Le soir même, je lui envoie un mail. Il y a certainement des raisons « objectives » à mon envie de me lancer dans ce projet : comme à quantité d'enfants, mes parents m'ont offert le *Journal*, j'ai commencé à écrire pour faire comme elle. Ma mère a été cachée, enfant, pendant la guerre. Je suis juive. Mais je crois que tout ceci est sans importance, ou du moins, ça n'est pas suffisant pour expliquer ma volonté d'écrire ce texte. Je termine mon message d'une pirouette, en citant Marguerite Duras : « Si on savait quelque chose de ce qu'on va écrire, avant de le faire, avant d'écrire, on n'écrirait jamais. Ce ne serait pas la peine. » La réponse ne tarde pas : Ronald Leopold me propose de rencontrer virtuellement une universitaire, aujourd'hui à la retraite.

Laureen Nussbaum est l'une des dernières personnes en vie à avoir bien connu les Frank, et c'est aussi une pionnière : elle étudie le *Journal* en tant qu'œuvre littéraire depuis les années 1990.

À l'écran, une dame élégante et vive me sourit : Laureen pressent ce que je brûle de savoir. Depuis plus de soixante ans, on lui pose cette même question : comment était-elle, enfant, celle que Laureen appelle encore sa « petite voisine » ?

« Anne était… bavarde. Tellement bavarde ! Elle détestait avoir tort. Les adultes la trouvaient pénible et adorable à la fois. J'avais quatorze ans. Anne, onze. Pour moi, c'était une gamine, la sœur de mon amie, Margot. Toutes deux étaient très gâtées par leur père. C'était un homme moderne, pour l'époque : il tenait à ce que ses filles soient éduquées, à ce qu'elles se fassent une opinion sur le monde. Elles n'en ont pas vu grand-chose… ».

Comme les Frank, les parents de Laureen doivent fuir l'Allemagne en 1933, après la victoire du Parti national-socialiste.

Ils émigrent aux Pays-Bas : le pays est resté neutre pendant la Première Guerre mondiale.

À Amsterdam, les deux familles se rencontrent dans le quartier de Merwedeplein, où sont logés de nombreux réfugiés d'Europe centrale.

« Au bout de quelques mois Margot, Anne et moi parlions couramment le néerlandais. Nous jouions indifféremment avec des enfants protestants, catholiques. Nous avions l'impression d'avoir trouvé un havre. »

Le 14 mai 1940, la Hollande capitule.

Les Frank tentent de gagner les États-Unis, mais l'administration américaine exige de trop nombreux documents, il sera impossible de les rassembler à temps. Les frontières se referment.

« Les mesures antijuives se sont mises en place, petit à petit. Nous refusions de nous laisser atteindre, il fallait garder la tête haute. Il nous était interdit d'emprunter les transports publics ou de posséder un vélo ? Nous irions à pied. Nous n'avions plus l'autorisation de nous rendre au cinéma, au concert ? Tant pis, nous jouerions de la musique à la maison. À l'été 1941, les directeurs de lycée ont dressé des listes des élèves « de sang juif ». En classe, on nous a obligées à nous asseoir à part. Peu de temps après, nous avons été exclues. Margot était dévastée, elle allait attendre ses anciennes camarades de classe à la sortie des cours, tant elles lui manquaient.

Les enfants juifs n'avaient plus le droit d'aller à l'école ? Qu'à cela ne tienne, il y avait de très bons professeurs juifs, nous ferions nos propres écoles.

Nous nous accrochions à n'importe quelle joie : Otto louait des films qu'il projetait à ses filles, Anne confectionnait des tickets qu'elle adressait à ses amies. Tout y était parfaitement imité : l'horaire de la séance, le siège réservé. »

Laureen rapproche sa chaise de son bureau, elle feuillette un livre – j'aperçois sur la couverture le profil d'Anne Frank –, elle ajuste ses lunettes, s'éclaircit la voix :

Samedi 20 juin 1942

Les juifs doivent porter l'étoile jaune ; les juifs doivent rendre leur vélo, les juifs n'ont pas le droit de prendre le tram ; les juifs n'ont pas le droit de circuler en autobus, ni même dans une voiture particulière ; les juifs ne peuvent faire leurs courses que de 3 à 5, sauf dans les magasins juifs portant un écriteau local juif ; les juifs ne peuvent aller que chez un coiffeur juif ; les juifs n'ont pas le droit de sortir dans la rue de 8 heures du soir à 6 heures du matin ; les juifs n'ont pas le droit de fréquenter les théâtres, les cinémas et autres lieux de divertissement ; les juifs n'ont pas le droit d'aller à la piscine, ou de jouer au tennis, au hockey ou à d'autres sports ; les juifs n'ont pas le droit de faire de l'aviron ; les juifs ne peuvent pratiquer aucune sorte de sport en public. Les juifs n'ont plus le droit de se tenir dans un jardin chez eux ou chez des amis après 8 heures du soir ; les juifs n'ont plus le droit d'entrer chez des chrétiens ; les juifs doivent fréquenter des écoles juives et ainsi de suite, voilà comment nous vivotons et il nous était interdit de faire ci ou faire ça. Jacque me dit toujours : « Je n'ose plus rien faire, j'ai peur que ça soit interdit ».

« Cette page de son *Journal* est la première à rendre compte d'autre chose que de son quotidien d'écolière... Je me souviens d'une autre interdiction, ajoute Laureen. Les juifs n'avaient plus le droit de posséder de pigeons. Les nazis pensaient à tout... L'étoile jaune est devenue obligatoire en mai 1942. C'était une telle humiliation d'être signalés comme des pestiférés. Je n'osais plus sortir de chez moi. Il y avait des rafles, en plein cœur d'Amsterdam les nazis arrêtaient des juifs par centaines, ils les forçaient à s'agenouiller, à... faire des choses... avilissantes. On savait qu'ils les déportaient à Mauthausen. Toutes les familles craignaient de recevoir ce qu'on appelait une "convocation". La Gestapo les envoyait aux jeunes juifs, entre seize et quarante ans. Ils avaient neuf jours pour se déclarer à la police. Margot et moi venions d'avoir seize ans. »

Le lundi 6 juillet 1942, Margot ne vient pas en cours. Inquiète, Laureen décide de se rendre chez son amie. La porte de l'appartement des Frank est entrouverte. Les pièces sont vides, les lits défaits.

La veille, un agent de la Gestapo a sonné chez les Frank, porteur de la redoutable convocation : Margot doit prendre quelques affaires et se présenter au convoi qui l'emmènera dans un « camp de travail ».

Si Laureen se souvient d'avoir été bouleversée, le départ des Frank ne l'a pas étonnée.

« Mister Frank disait de plus en plus fréquemment qu'il n'attendrait pas que la Gestapo vienne les chercher. Tout le monde pensait qu'ils s'étaient enfuis en Suisse. Jamais je n'aurais pu imaginer que Margot et Anne étaient si proches, dans la même ville que moi... ».

Aujourd'hui encore, Laureen l'appelle Mister Frank, ce monsieur élégant, le directeur d'une petite entreprise de pectine dont l'érudition et le calme l'ont tellement impressionnée, enfant.

Un juif libéral, aux méthodes d'éducation modernes : dès son arrivée aux Pays-Bas, il inscrit sa cadette à la maternelle Montessori, à Merwedeplein.

Un juif allemand, officier dans l'armée pendant la Première Guerre, qui a été décoré pour actes de bravoure. Peut-être, sans doute, pense-t-il que ceci le protégera. Mais pour les nazis, Mister Frank est juif avant d'être allemand.

Laureen ne le reverra qu'en juin 1945 : un homme méconnaissable, squelettique et épuisé. Un survivant d'Auschwitz-Birkenau, un veuf : Edith est morte à Auschwitz, le 6 janvier 1945.

Je n'enregistre pas Laureen Nussbaum, je préfère prendre des notes : dans mon carnet, le périple terrible d'Otto Frank est une succession de chiffres. Cinq mois de pérégrinations et d'errance durant lesquels il tente de regagner Amsterdam.

Le 27 janvier 1945, l'Armée rouge entre dans le camp d'extermination. Otto est si faible qu'il ne peut partir, faute d'avoir repris quelques forces. En février, les combats continuent dans une grande partie de l'Europe : il serait dangereux de voyager. Quand Otto Frank reçoit enfin le document qui l'y autorise, il lui faut attendre encore, les routes polonaises sont détruites.

Le 5 mars, Otto Frank arrive à Katowice. Il y reste trois semaines. Le 1er avril, il prend le train pour Odessa, le voyage durera près de quatre semaines. De là, il parvient à embarquer, avec d'autres rescapés, sur un bateau qui vogue vers Marseille. En France, il trouve un train pour Roermond, aux Pays-Bas. Le 2 juin, une voiture le conduit de Roermond à Amsterdam.

Lorsque, un dimanche, il sonne à la porte des parents de Laureen, « Mister Frank » n'a plus ni logement, ni famille, ni l'assurance tranquille qu'elle lui a connue. C'est un égaré parmi les vivants.

Il ne parle que d'elles, il faut qu'il retrouve ses filles. Il sait qu'elles ont été déportées à Bergen-Belsen. Il s'accroche à leur jeunesse : elles auront survécu, certainement.

Il fait paraître cette annonce dans les quotidiens néerlandais : « Demande d'informations au sujet de Margot Frank, 19 ans, et Anne Frank, 16 ans, en janvier dans le transport de Bergen-Belsen. Tel : 37059. »

Tous les matins, il se présente à l'ouverture du local de la Croix-Rouge. Il sort une photo de sa poche : peut-être avez-vous des nouvelles de Margot, d'Anne ?

Il arpente les hôpitaux : avez-vous vu Anne et Margot ? Il parcourt les gares où commencent à arriver de rares survivantes de Bergen-Belsen. Il les hèle, à chacune il montre la photo de ses filles.

Mister Frank, quand il vient déjeuner chez les parents de Laureen, le dimanche, parle au futur, jamais au conditionnel. Il dit « quand je les retrouverai ».

Le 18 juillet 1945, Otto Frank arrête de chercher. La lettre qu'il vient de recevoir est courte, cinq lignes signées de la main d'une jeune infirmière de Bergen-Belsen, Janny Brilleslijper.

Janny a été déportée avec sa sœur Lientje, toutes les deux sont résistantes ; elles ont été détenues dans les camps de Westerbork, d'Auschwitz, puis de Bergen-Belsen. Comme les sœurs Frank.

La lettre de Janny confirme la mort des deux filles d'Otto.

Laureen s'excuse, elle se lève et s'éclipse, elle disparaît de l'écran. J'entends un robinet couler, puis la frêle silhouette réapparaît avec un verre d'eau.

Je crains que notre conversation soit éprouvante pour elle et nous convenons de nous rappeler un autre soir.

Alors que je suis sur le point de me déconnecter, Laureen me fait signe de rester : elle aimerait me parler un peu du *Journal*... Certaines rencontres commencent au moment où on se quitte, quand le temps presse. Alors les mots battent au cœur de l'essentiel.

Ces phrases, je les ai notées, puis elles se sont noyées dans le reste de notre conversation. Sans doute était-il trop tôt pour que j'entende l'avertissement de Laureen.

Ce soir-là, elle me conseille de m'intéresser aux quatrièmes de couverture des différentes éditions du *Journal*. Elles sont extrêmement révélatrices.

Ce que les éditeurs ont choisi de mettre en avant et, aussi, les mots qu'ils ont évité d'employer.

Dans les années 1960, par exemple, me dit Laureen, on pouvait lire ceci : « Lire le *Journal* c'est assister à l'épanouissement d'une adolescente face à l'*adversité.* »

À sa parution aux États-Unis, on demande à Eleanor Roosevelt d'ajouter un avant-propos. Elle y loue la « noblesse de l'esprit humain », s'émeut de ce « message d'espoir ». Le *Journal* est un « monument » élevé à tous ceux qui « œuvrent pour la paix ».

Pas une allusion au régime nazi, ni à la Shoah. Pas un mot sur les conditions dans lesquelles Anne Frank a écrit.

« Anne n'œuvrait pas pour la paix. Elle gagnait du temps sur la mort en écrivant sa vie. N'oubliez pas ceci, insiste Laureen Nussbaum : Anne Frank désirait être lue, pas vénérée. Hannah Arendt qualifiait l'adoration dont elle est l'objet de "sentimentalisme bon marché aux dépens d'une immense catastrophe"... Elle n'est pas une sainte. Pas un symbole. Son *Journal* est l'œuvre d'une jeune fille victime d'un génocide, perpétré dans l'indifférence absolue de tous ceux qui savaient. N'utilisez pas le mot *espoir*, s'il vous plaît. »

Notre échange est un premier pas dans la nuit. Un pas dans le vide, aussi, qui me révèle l'étendue de mon ignorance. Ce texte vendu à plus de trente millions d'exemplaires dans le monde n'est pas un simple journal intime ou un testament. C'est nier la démarche de l'autrice Anne Frank que la réduire à un témoignage, m'a dit Laureen. Anne voulait devenir écrivaine ou journaliste, elle l'a écrit.

Dans mon carnet, une ronde de points d'interrogation encercle une date soulignée, celle du 29 mars 1944.

Ce jour-là, alors qu'elle vit enfermée dans l'Annexe depuis l'été 1942, Anne Frank entend, sur Radio Oranje, une annonce du ministre de l'Éducation des Pays-Bas en exil à Londres. Il demande aux Hollandais de conserver leurs lettres, leurs journaux intimes : après guerre, ces écrits seront autant de témoignages précieux. Cette déclaration la galvanise, elle s'enthousiasme, en parle à son père : son journal pourrait être publié, un jour.

Elle se met aussitôt à le retravailler : elle quitte le ton spontané des premières pages, en parfait le style. Elle rédige un prologue, supprime des passages qu'elle juge peut-être trop personnels, en étoffe d'autres. Elle décide d'utiliser des pseudonymes, faisant des occupants de l'Annexe, qu'elle croque parfois vertement, des personnages. Elle choisit une forme narrative particulière, s'adressant à une amie imaginaire, Kitty, héroïne de romans pour la jeunesse dont elle raffole. Elle décrit minutieusement l'Annexe, pièce après pièce et précise le contexte historique.

Elle revient sur une phrase, questionne la pertinence d'un chapitre, écoute le rythme d'un paragraphe, passe d'un ton introspectif à des réflexions plus politiques : à compter de ce jour, Anne Frank n'est plus seulement une jeune fille qui tient un journal, toutes ses décisions sont celles d'une autrice qui pense à de futurs lecteurs. Si elle a commencé à écrire sans intention de se faire lire le 12 juin 1942, à compter du mois de mars 1944, elle dit « je », mais elle commence à penser à nous. Elle en est persuadée, son texte saura trouver le futur, il viendra nous chercher ; aujourd'hui, il est venu me chercher.

Comment l'appeler, ce récit que je ne me décide pas à relire avant ma nuit dans l'Annexe ? Ce livre est un décompte, auquel nous assistons. Nous en redoutons l'issue, nous savons qu'après le 4 août, date de l'arrestation des Frank, il n'y aura plus de mots. Ce livre, nous en connaissons la fin ; l'autrice, elle, l'ignore.

Au début du mois de juin, un mail intitulé « Security/Anne Frank House » m'annonce que je suis autorisée à passer la nuit du 18 août dans l'Annexe. Il m'y sera interdit de boire ou de manger, comme de prendre des photos.

Certaines recommandations du service de sécurité sont communes à tous les musées, d'autres, en revanche, sont plus surprenantes : « L'Annexe est un objet de collection du Musée. Il n'est pas permis de suspendre son sac ou des vêtements à une poignée de porte, ni d'utiliser les prises pour y charger son portable. Les escaliers sont raides et leurs marches, inégales : des chaussures confortables et stables sont recommandées, il est préférable d'éviter les semelles en cuir. »

Je serai seule dans l'Annexe. Le vigile est dans le Musée contemporain. Je devrai m'en aller à 7 heures du matin.

Je le sais, je l'ai lu, ce lieu dans lequel je passerai dix heures est un appartement vide. C'est devant l'absence de ses habitants que les visiteurs défilent. C'est le vide qui transforme cet appartement en musée. Un vide qui nous est adressé, la supplication d'un disparu : Otto Frank, qui, à son retour d'Auschwitz, en 1945, retrouva la cachette pillée par les nazis, le moindre placard, le plus petit tiroir, les étagères : dévastés.

Otto Frank, qui, lorsqu'il fut question de faire de l'Annexe un musée, en 1960, exigea que l'appartement demeure dans l'état où il l'avait retrouvé. Qu'on en soit témoin, du vide, sans pouvoir s'y soustraire ; qu'on s'y confronte.

Voyez ce qui jamais ne sera comblé.

Ainsi, en sortant, on ne pourra pas dire : dans l'Annexe, je n'ai rien vu. On dira : dans l'Annexe, il y a *rien* et ce *rien*, je l'ai vu.

Cette nuit, je la passerai là où huit personnes, vingt-cinq mois durant, ont dû se plier au silence, en apprendre toutes les nuances, des chuchotements jusqu'aux pas feutrés en passant par l'immobilité totale.

Le quotidien d'Anne Frank était celui d'une prisonnière soumise à une peine sans fin, le quotidien des occupants de l'Annexe était celui de la contrainte permanente.

À 8 heures, les employés de l'entreprise s'installaient à leurs bureaux, situés juste en dessous de la cachette. Si cinq d'entre eux étaient au courant de la présence des Frank – ils leur fournissaient vivres, livres et encouragements –, les magasiniers, eux, ne l'étaient pas. Ainsi, jusqu'à midi et demi, *pas une seule goutte d'eau, pas de chasse d'eau, pas une foulée, un silence absolu,* écrit Anne Frank. Les clandestins avaient ensuite une heure pour déjeuner, aller aux toilettes, écouter les actualités sur Radio Oranje, discuter. À 13 h 30, il fallait retourner à l'immobilité. Lire, écrire, toute activité susceptible de leur faire oublier l'ankylose douloureuse d'un dos, la pesanteur obsédante d'une vessie pleine.

Le corps, dans l'Annexe, est un corps privé de lumière, d'air, de mouvement. Un corps rompu, courbatu, engourdi. Un corps affamé et aussi nauséeux à force de plats farineux et de patates moisies. Un corps soumis à toutes les peurs, toutes les angoisses, le danger est partout : l'immeuble de droite est habité, celui de gauche abrite une menuiserie.

S'habitue-t-on à être en danger ?

La peur est-elle un envahissement brutal, semblable à un courant d'arrachement, cette force qui entraîne au large contre laquelle on ne peut lutter, ou la peur se dilue-t-elle dans les jours qui passent, et on finit par s'y faire, à la peur ?

Les angoisses s'accumulent, elles résonnent. L'angoisse de se trahir. De faire frémir, d'un geste trop vif, les tissus opaques qu'Anne Frank et son père clouent aux fenêtres le jour de leur arrivée. L'angoisse de tomber malade, de laisser échapper un éternuement, une quinte de toux. De ne pas pouvoir être soigné.

Leur cœur se soulève au moindre bruit inhabituel, comme ce jour où les Frank entendent des cambrioleurs fracturer la porte des bureaux, à l'étage en dessous.

Il y a la terreur de mourir brûlé vif, ces nuits où les bombes s'écrasent tout près de l'Annexe. La terreur de mourir enseveli sous les décombres : il leur est impossible de rejoindre un abri. Il y a la crainte de ne pas tenir le coup, enfermés à huit, sans intimité aucune. La peur de perdre la raison et l'espoir – mais quel espoir. La peur, aussi, parfois, d'être trahis par l'un de leurs employés et protecteurs. La peur, la terreur, la crainte, l'angoisse de savoir ce qui adviendrait s'ils étaient découverts. Ce qui adviendra, quand ils seront découverts.

L'idée de ne jamais pouvoir sortir, écrit Anne Frank le 28 septembre 1942, *m'oppresse aussi plus que je ne suis capable de le dire et j'ai très peur qu'on nous découvre et qu'on nous fusille, évidemment une perspective assez peu réjouissante.*

L'angoisse, écrit-elle le 8 novembre 1943, est *une masse sombre qui ne nous pousse ni en bas, ni en haut, mais se tient devant nous, mur impénétrable, qui s'apprête à nous détruire mais ne le peut pas encore.*

Quelques semaines avant de partir à Amsterdam, je lis, comme je le fais toujours avant de me lancer. Cet amoncellement de petits savoirs – une approche timide du « sujet » – est mon préliminaire amoureux. C'est aussi une façon de repousser la plongée dans l'écriture, d'attendre que celle-ci soit impérative.

Je lis comme on trace un cercle autour d'un point, sans m'en approcher. Je lis comme on se prépare à entrer dans un labyrinthe. Je lis des articles universitaires qui s'intéressent à la différence entre empreinte et trace, je relis *Dora Bruder* de Patrick Modiano, je lis une biographie d'Audrey Hepburn, dont la mère vénérait Hitler : l'actrice refusa d'interpréter le rôle d'Anne Frank au cinéma, craignant de ne pas être « légitime » à le faire.

Je lis un essai sur la transmission du traumatisme de la Shoah sur plusieurs générations, je lis une biographie de Miep Gies, la secrétaire d'Otto Frank, une des cinq employés qui ont rendu possible la clandestinité des Frank. Je lis des analyses féministes du *Journal*, dont un essai de Laureen Nussbaum. Je lis l'un des premiers romans de Philip Roth, paru en 1979, *L'Écrivain des ombres*, dans lequel il imagine une Anne Frank adulte, qui aurait survécu, cachée sous un pseudonyme aux États-Unis. Je parcours les comptes Instagram dédiés à Anne Frank ; sur YouTube, des centaines de vidéos lui rendent hommage, un bon nombre choisissent comme bande-son la chanson du film *Titanic*, certains commentaires sont supprimés pour « incitation à la haine ».

Mes nuits sont celles d'un imposteur sur le point d'être démasquée. Je rêve qu'on me fait passer un examen auquel j'échoue, je rêve qu'on me refuse l'entrée du Musée.

La date du départ approche et mon anxiété se mue en doute, puis en certitude : je ne suis pas celle qui devrait écrire ce livre. Comment pourrais-je écrire ce que j'évite avec tant de constance ?

Je suis celle qui, depuis l'adolescence, détourne les yeux ; celle qui ne regarde pas de documentaires sur la Shoah. Celle qui n'a lu que peu de livres à ce sujet. Celle qui est sortie de la salle pendant la projection de *La Liste de Schindler*, qui a eu la nausée pendant celle de *La vie est belle*, de Benigni, celle pour laquelle la romantisation de l'Holocauste est insupportable.

Je suis celle dont le cerveau se brouille dès lors que le *sujet* est abordé. Au lycée, j'ai évité les cours consacrés à la Deuxième Guerre mondiale. J'affirme que je n'ai pas besoin de voir, de lire : je *sais* cette histoire. Je *sais* les parcours de ceux qui, autour de 1920, ont dû fuir une mort annoncée, celle des pogroms, des ghettos, en Russie, en Pologne. Qui ont étreint des mères, des pères, des frères et des sœurs, sans promesse de se revoir. Qui ont tout quitté. Ils se sont défaits de leur nom, de leurs désirs et de leur langue – mais ce *choix* n'en était pas un, ils ne seraient jamais de simples citoyens dans leur propre pays.

Je *sais* l'histoire de ces familles élevées dans l'amour d'une France de fiction, celle d'Hugo, de Jaurès et de la Déclaration des droits de l'homme. Je *sais* que, loin du havre qu'ils espéraient y trouver, ils y ont été humiliés, pourchassés, déportés.

Plutôt que *savoir*, il faudrait dire que je *connais* cette histoire, qui est aussi celle de ma famille. *Savoir* impliquerait qu'on me l'ait racontée, transmise. Mais une histoire à laquelle il manque des paragraphes entiers ne peut être racontée. Et l'histoire que je *connais* est un récit troué de silences, dont la troisième génération après la Shoah, la mienne, a hérité.

Nos arbres généalogiques ont été arrachés, brûlés, calcinés. Le récit s'est interrompu.

Les mots se sont révélés impuissants, se sont éclipsés de ces familles-là, de ma famille. L'histoire qu'on ne dit pas tourne en rond, jamais ponctuée, jamais achevée.

Elles sont en lambeaux, ces lignées hantées de trop de disparus, dont on ne sait même pas comment ils ont péri. Gazés, brûlés ou jetés, nus, dans un charnier, privés à jamais de sépulture. On ne pourra pas leur rendre hommage. On ne pourra pas clore ce chapitre.

Dans ces familles, on conjuguera tout au « plus jamais » : il y a ces pays où plus jamais on ne reviendra – la Pologne, la Russie – des terres de persécutions. Il y a les langues que plus jamais on ne parlera.

Elles ne connaissent que les extrêmes, ces familles. L'exil ou la mort. L'héroïsme ou la mort. Naître *après,* c'est vivre en dette perpétuelle. Chaque enfant sera un miracle. Il aura le devoir d'être sur-vivant.

Elle laisse sans voix, sans possibilité de s'y mesurer, la bravoure de mon grand-oncle. Juif polonais, résistant, membre des FTP-MOI, ces jeunes apatrides ou immigrés ashkénazes, des clandestins qui, en France, ont mené la résistance armée contre les nazis, une guérilla quasi quotidienne.

Il laisse sans voix, sans possibilité de s'y mesurer, le martyre vécu par un autre de mes grands-oncles, au poignet tatoué de chiffres violets, son matricule d'Auschwitz-Birkenau.

Elle laisse sans voix, sans possibilité de l'en guérir, l'enfance de ma mère ; une petite fille que ses parents ont dû cacher pour la sauver, une enfant qui savait, à l'âge de quatre ans, qu'être juive était une condamnation à mort. Une enfant qui, un jour qu'elle sortait de l'école, découvrit, au détour d'un chemin, les corps désarticulés au crâne défoncé d'adolescents juifs exécutés.

Elle laisse sans voix, la rage désespérée de ceux qui sont venus *après*.

Celle d'un cousin, né trop tard pour combattre, en 1944 ; il ne cessera de se chercher une guerre : il ira des barricades de Mai 68 jusqu'aux guérillas d'Amérique du Sud. Il écrira dans un récit autobiographique que naître juif c'est venir « de la mort et, à peine dans la vie », se préparer « à y retourner ». Il écrira qu'« aucune jeunesse n'avait de sens qui ne risquât de mourir violemment » et sera terriblement exaucé. Il sera abattu de plusieurs balles tirées dans le dos, par un groupuscule de policiers d'extrême droite, en plein Paris, en 1979.

D'autres, de ma génération, seront pris d'une stupeur durable. Ils feront de leur quotidien un cocon chimique d'antidépresseurs et d'anxiolytiques. Le ravage, dans ma famille, s'est transmis comme ailleurs la couleur des yeux.

L'histoire des juifs d'Europe centrale, je m'en suis écartée à l'adolescence. J'ai tourné le dos à l'abîme. Je ne voulais pas entendre, pas savoir. Leurs cauchemars ne seraient pas les miens. Ce que je souhaitais, c'était faire partie d'une famille *normale.* Qui ne soit le sujet d'aucun livre d'histoire, qui ne suscite ni pitié, ni haine.

Au collège, je les adorais, celles qui arboraient une croix dorée autour du cou. Elles étaient merveilleusement *normales*. Leur insouciance me subjuguait, cette nonchalance lorsqu'elles évoquaient les cours de catéchisme, leur communion à venir. Au lycée, j'enviais tous ceux issus de familles à la généalogie paisible ; on y mourait banalement, de maladie ou de vieillesse. Je tombais amoureuse d'hommes qui avaient connu leur arrière-grand-père. Je tombais amoureuse de femmes dont la famille était si nombreuse qu'il fallait louer une maison pour se réunir à Noël.

Les buffets décorés de photos anciennes me fascinaient, n'importe quelle trace d'un passé transmis : des nappes, des recettes héritées d'une arrière-grand-mère. Les échanges convenus de fin de repas, où l'on commentait les ressemblances entre les générations, me mettaient mal à l'aise. Je ne savais pas à qui je ressemblais. Mes grands-parents n'avaient plus de photo de leurs frères et sœurs, ces adolescents russes, polonais, morts de froid, de faim, d'épuisement, dans les convois qui les menaient au camp de concentration d'Auschwitz-Birkenau et dans le camp lui-même.

Mon refus de faire partie de cette histoire s'exprimait jusque dans mes goûts littéraires : j'aimais éperdument ceux et celles qui me ressemblaient le moins, avec lesquels je n'avais rien en commun. Ils portaient en étendard leur superficialité magnifique, leurs tourments élégants, leur déchéance pop : la tristesse légère de Françoise Sagan me ravissait, tout comme les drames conjugaux et endiamantés de Francis Scott Fitzgerald, les errances, sur fond de David

Bowie, d'une *Christiane F., 13 ans, droguée, prostituée* me captivaient.

J'exécrais les films dont on sortait les yeux rougis, je moquais les larmes de mes amies, *Le Choix de Sophie* les avait bouleversées.

Seule la mort des animaux me touchait ; je sanglotais au récit d'un chien écrasé, d'un cheval blessé qu'il avait fallu abattre après une course. Les souffrances des humains m'indifféraient. La mort violente m'était peut-être trop familière, j'emploie ce mot dans son sens le plus commun : la mise à mort faisait partie de la famille.

I'd rather be dancing, clamait le poster affiché au mur de ma chambre.

Préférer danser, pour ne pas entendre la rumeur qui flottait. Je me voulais nouvelle, née de mes propres choix : personne, dans la famille, n'avait fait de danse classique.

Maurice Béjart affirmait qu'une danseuse devait être à moitié nonne et à moitié boxeuse.

Elle était là ma religion, elle sentait la colophane et la sueur. Je l'avais trouvée ma terre : on y souffrait, on s'y taisait.

Je jurais de me vouer à perpétuer l'illusion internationale de la légèreté. Je recopiais les mots de Théophile Gautier dans un carnet – *sculpte, lime, cisèle* –, il avait coécrit le livret de mon ballet préféré, *Giselle*. Je chérissais la dureté humiliante de mes professeurs, leurs injonctions – recommence ! – rythmaient mes journées.

Je toisais les gens de mon âge qui, après les cours, allaient traîner au café : ils ne s'affrontaient à rien, une vie si facile n'avait aucun sens. Les danseurs, eux, combattaient journellement la pesanteur, la fatigue, la douleur.

La danse était un lieu de cruauté et de concurrence mais c'était un monde préservé du politique ; un musée de tulle. Un monde dans lequel les hommes étaient des princes et les femmes, des spectres, des willis, esprits de jeunes filles mortes qui, selon la légende, poursuivaient ceux qui trahissaient leur promesse. Je trahissais le passé familial, mais je ne lui avais rien promis.

Lorsqu'on me demandait d'où je venais, je faisais le tri de ce qui me semblait acceptable.

J'évoquais mes origines russo-polonaises sans plus de précisions, ma blondeur était un passeport vers la tranquillité. J'escamotais un mot, sur mon CV de normalité ; mais quelle importance, c'était un si petit mot et il résonnait trop fort : juive. Je ne le prononçais pas.

Je disais que je venais « de partout » et c'était en partie vrai : j'avais grandi en Bulgarie et en Roumanie, ces pays dans lesquels j'avais tant aimé fêter la Pâque orthodoxe. Mes grands-parents étaient polonais, russes, mais aussi français du Sud-Ouest du côté de mon père, je passais mes vacances dans les Landes, une partie de ma famille était nord-américaine, j'étais trilingue.

Quand je parlais anglais, on me pensait américaine. Quand je parlais roumain, on m'imaginait roumaine. C'était un jeu de samedi après-midi : arpenter Paris comme une touriste, demander mon chemin en anglais, comme si j'étais une autre. Je n'avais aucun accent, aucune appartenance.

Sans doute suis-je une enfant des années 1980, ces années qui ont promu la « réinvention de soi », et en ont fait un rêve à portée de clip vidéo. L'aérobic promettait un nouveau corps et les ouvrages de développement personnel, une nouvelle personnalité. Il suffisait de le vouloir : on serait celle qu'on rêvait d'être. *Just do it.*

L'identité était un costume, un déguisement.

Madonna était toutes les femmes, une Marilyn, une Vierge, une féministe, une businesswoman, un sex-symbol, une égérie de mode, une danseuse, une mère, Eva Perón, une blonde aux aisselles sombres, fière de s'être créée et recréée.

La musique vendait de l'optimisme mondialisé : *We Are the World*, un monde nouveau dans lequel on n'aurait plus le droit ni d'avoir faim ni d'avoir froid, il suffisait d'y croire. Par la grâce d'une petite main jaune accrochée au revers de son blouson, les racismes reculeraient, on ne toucherait pas à mon pote.

Je l'ai embrassée, cette croyance, dans l'espoir de m'éloigner d'un paysage dévasté, de m'éloigner de *ces morts-là*.

Toutes les injustices, toutes les causes, j'y adhérais, surtout celles qui ne me concernaient pas directement : les zapatistes du Chiapas, les prisonniers basques ou les sans-logis. Toutes les injustices, toutes les tragédies, sauf *une*.

La mémoire est un lieu dans lequel se succèdent des portes à entrouvrir ou à ignorer ; la mémoire, écrit Louise Bourgeois, « ne vaut rien si on la sollicite, il faut attendre qu'elle nous assaille ».

Avant de rentrer dans la nuit de ce mois d'août 2021, je ne *sais* rien, sauf ceci : les fantômes, au contraire du mythe qui voudrait qu'ils nous hantent sans pitié, se tiennent sages. Ils nous espèrent, ils ont tout leur temps, celui que nous n'avons pas.

Ils attendent qu'on accepte d'être déroutés. Que nos paupières se dessillent et qu'on devine, au travers du temps, leurs ombres patientes. Alors, on pourra faire place à ceux qu'on dit avoir « perdus ». On les retrouve.

Le 16 août 2021, l'avant-veille du départ, je suis prise d'une fièvre brutale, une fièvre d'enfant.

Alitée, j'envoie un mail à Alina Gurdiel, la directrice de collection : désolée, je ne pourrai pas me rendre à Amsterdam. J'en conçois du soulagement, mes proches ont raison : ça n'est pas très *léger* comme projet.

Au matin du départ, je ne souffre plus d'aucun symptôme. J'irai à Amsterdam.

Dans le train, une femme assise derrière moi s'agace au téléphone. C'est trop flou, tu es tellement flou, dit-elle à son interlocuteur. Je l'imagine, à l'autre bout de la ligne, tentant désespérément d'éclaircir ses mots, d'en parfaire la mise au point.

J'aimerais m'emparer du téléphone et réconforter ce flou conspué. Le flou est une espèce en voie de disparition dans un monde où règne l'exigence de transparence. On y vante la limpidité, la clarté d'une intervention médiatique. Savoir résumer son propos en quelques mots est un savoir contemporain, un idéal d'agence immobilière.

Les discours « clairs » sont souvent ceux de communicants, qu'ils soient hommes politiques ou publicitaires. On voit au travers : ils nous vendent quelque chose. Le flou interroge. Il faut y regarder de plus près. C'est une brume de mer qui dissimule le profil d'une falaise. C'est ce trouble d'un amour naissant, qui ne s'appelle pas encore « relation ». C'est une tristesse sans objet, qui surgit quand on s'y attendait le moins, au bord du bonheur. Les créatures floues ont pour elles l'espace de la fiction, qui n'aime rien tant que les personnages dont on ne saura jamais tout. Un roman ne peut être transparent, il est tissé de doutes et de solitude, celle de l'écrivain qui lui a consacré son temps. Un roman ne vend pas, il propose.

Comme ils sont flous, ces écrivains qu'on aime. Il ne prétend nullement à la limpidité, Georges Perec, lorsqu'il tente de définir la judaïté ; ce n'est « pas un signe d'appartenance, ce n'est pas lié à une croyance, à une religion, à une pratique, à un folklore, à une langue ; ce serait plutôt un silence, une absence, une question, une mise en question, un flottement, une inquiétude : une certitude inquiète, derrière laquelle se profile une autre certitude, abstraite, lourde, insupportable : celle d'avoir été désigné comme juif, et parce que juif victime, et de ne devoir la vie qu'au hasard et à l'exil. »

Dans mon dos, la femme clôt la conversation d'une question qui n'appelle pas de réponse, elle soupire : tu ne pourrais pas être un peu plus clair ?

Amsterdam tourne le dos à l'été et décline les différentes versions d'une pluie automnale.

À l'accueil, l'employé de l'hôtel se montre très serviable : il me propose une sélection des meilleurs coffee-shops et des clubs de *lap dance* réservés aux femmes, ainsi qu'un bon de réduction pour une visite guidée de la ville. Il faut prévoir une demi-journée pour l'option « musées d'art ». L'option « Anne Frank » est plus rapide, la promenade ne dure que deux heures. On marche sur les traces de la jeune fille, on visite son parc préféré, son école primaire et, bien sûr, le Musée, dans lequel se trouve sa *cachette*, le jeune homme prononce ce dernier mot avec un plaisir enfantin.

À quelle heure prendrez-vous le petit déjeuner ?

Demain matin, je dormirai sans doute, lui dis-je. Parce que cette nuit, je vais *voir* Anne

Frank, enfin, le Musée. Il hoche la tête, impassible, bien sûr Madame.

La chambre dans laquelle je ne passerai pas la nuit est spacieuse et calme. Quelqu'un a disposé sur le lit un mot d'accueil : *You'll be surprised!*

Au verso, on m'affirme que : *Here, you'll forget everything!*

Peut-on se plaindre à la réception si la promesse s'avère mensongère et si, au matin, on n'a pas tout oublié ? La direction tient-elle un registre de ce qu'on ne parvient pas à égarer, des souvenirs qui s'obstinent, récalcitrants ?

J'ai rendez-vous à 15 heures avec une collaboratrice du Musée, Teresien da Silva, dans le quartier de Merwedeplein. Elle me fera visiter l'appartement dans lequel les Frank vécurent entre 1933 et 1942.

Rien ne le distingue des autres, cet immeuble de brique rouge aux volets blancs, si ce n'est, sur le trottoir, un hommage discret : des plaques cuivrées rappellent qu'ici habitaient Otto, Edith, Margot et Anne Frank.

Teresien s'exprime avec la précision d'une enquêtrice, en faits et en chiffres : elle a rencontré plus de quatre-vingt-dix témoins, amis, voisins ou parents des Frank, elle travaille depuis trente-sept ans au musée. Elle connaît Laureen Nussbaum, elle a eu l'honneur de bien connaître Miep Gies.

L'appartement résonne de notre présence, nos voix me semblent trop bruyantes, presque intrusives. Teresien s'affaire dans la cuisine, elle prépare le thé, je n'ose pas m'asseoir sur le fauteuil désuet du salon, ni sur une chaise. Nous sommes *chez* les Frank.

Sans doute perçoit-elle ma gêne, Teresien me rassure : je peux m'asseoir où je veux. Ces meubles ne sont pas d'époque, ce sont des copies. Cet appartement n'est pas un musée mais une résidence d'écrivains qui accueille des auteurs victimes de persécution dans leur pays d'origine. Ici, on écrit, ici, on vit.

Nous déambulons de pièce en pièce, comme de futures acquéreuses ou comme si, malgré tout, nous étions au creux de l'Histoire, dans un musée.

L'appartement a été pillé quelques jours après le départ de la famille. Il ne restait rien.

Le remeubler à l'identique a exigé des recherches minutieuses, m'explique Teresien : il a fallu scruter les rares photos appartenant aux

Frank, interroger d'anciens voisins, des amis, qui se souvenaient d'une table, d'un tapis.

Teresien vante la ténacité de son équipe : cette lampe, par exemple, dans la chambre d'Anne Frank. Elle se reflète dans le miroir, sur cette photo de la jeune fille assise à son secrétaire. On l'a examinée à la loupe, on a agrandi l'image et on l'a montrée à des antiquaires, des brocanteurs.

Pour le papier peint, cela a été plus simple : à l'époque, les locataires en changeaient quand ils emménageaient. Quatre familles se sont succédé après les Frank. Les couches de papier peint ont été décollées, une à une, puis, une fois le bon motif retrouvé, un échantillon en a été scanné et imprimé.

Nous avons sous les yeux ce qu'*elle* regardait, quand elle écrivait, conclut fièrement Teresien.

Cette ferveur de reconstitution me met à l'aise. Tout, ici, se veut plus vrai que vrai or tout est faux, sauf l'absence. Elle accable, c'est un bourdonnement obsédant, strident.

L'appartement des Frank est le décor d'un drame sans acteurs, c'est un musée sans visiteurs. La philosophe Sybille Krämer écrit ceci : « Dans le creux que laisse apparaître une empreinte [...] on peut voir que quelqu'un ou quelque chose est passé. La présence de la trace témoigne de l'absence de ce qui l'a formée. Les traces ne donnent pas à voir ce qui est absent, mais plutôt l'absence même. »

Tout dans la chambre d'Anne paraît en suspens, interrompu, le moindre objet semble attendre son retour. L'étroit lit aux draps soigneusement tirés. Les tiroirs entrouverts d'une commode. Le bois sombre d'un secrétaire sur lequel ont été disposés des feuillets vierges, des cahiers sur lesquels personne n'écrira. Anne Frank manque terriblement à sa chambre d'adolescente.

Teresien m'invite à la suivre à l'étage, nous empruntons un escalier, presque une échelle. L'écrivain en résidence vit ici.

En 1933, la pièce était sous-louée et celui qui y habitait partageait avec les Frank leur cuisine et leur salle de bains, c'était l'usage.

Une porte vitrée s'ouvre sur un toit plat, au sol recouvert de gravier. Un semblant de terrasse sur laquelle Anne et Margot installent une chaise longue, un jour d'été 1941. Au mur, deux images en témoignent.

Est-ce leur père qui les a photographiées ? Margot la douce a quatorze ans ; elle plisse les yeux, éblouie de soleil, en maillot de bain deux pièces à pois rouges, ses cheveux bruns mi-longs retenus d'une barrette. Les genoux rentrés en dedans, elle paraît pressée d'en finir.

Anne, elle, se prête à la pose avec enthousiasme. Étendue de tout son long sur le transat, vêtue d'un chemisier à manches courtes et d'un short à carreaux, elle sourit. Elle tient entre les mains un chapeau de paille d'adulte trop grand pour elle. Si la photographie est une image permanente, celle-ci a immortalisé l'éclat d'une joie d'été.

Comme elles sont promptes à surgir, ces joies fugaces, quand on a douze ans. On pouffe en entendant une blague stupide à la radio, on se moque des sourcils froncés d'un professeur qui nous réprimande, on piaffe d'impatience à l'idée de retrouver une amie dans l'après-midi.

Comme elles nous étreignent, ces joies banales d'un dernier été. L'été durant lequel Otto Frank commence à préparer la fuite.

Quand la foi tragique qu'Otto Frank a placée dans son pays d'adoption lui apparaît-elle enfin comme une erreur ?

Les Pays-Bas ne se contentent pas d'obéir aux ordres de l'occupant, ils participent activement à la mise en place des mesures antijuives.

Dès le mois de septembre 1940, les nazis excluent les juifs de la fonction publique, leur interdisent l'exercice des professions libérales : il faut « déjudaïser » l'économie.

En 1941, pour éviter l'expropriation, Otto Frank cède officiellement la direction de son entreprise à l'époux de sa secrétaire, Jan Gies, et à son ami Johannes Kleiman. En réalité, Frank continue de prendre les décisions importantes.

Chaque jour, il se rend à pied au bureau, il n'est plus autorisé à emprunter les transports. Mais parcourir Amsterdam est risqué : en février 1941, la police allemande arrête quatre cents hommes juifs, la rafle est d'une brutalité extrême. Parmi eux, il y a des amis d'Otto Frank.

En mai 1942, celui-ci est forcé de coudre une étoile jaune au revers de son manteau. Quatre lettres majuscules le signalent comme cible : JOOD. L'étoile est obligatoire et payante : elle coûte un coupon de vêtement, auquel il faut ajouter quatre centimes.

Otto Frank le sait : il faudra partir, bientôt. Mais pour aller où ?

L'Otto Frank que Teresien me dépeint est l'homme des décisions extraordinaires. Pourtant, sa vie ne l'a pas préparé aux changements radicaux : il a été élevé dans un milieu aisé, il a dépassé la quarantaine lorsque les nazis prennent le pouvoir en Allemagne.

Il va imaginer et organiser une survie possible : au lieu de s'éloigner du danger, ils se cacheront en famille et en plein cœur de la ville qui les traque.

Ce choix, me dit Teresien, a fait l'objet de controverses ; certains historiens disent qu'il aurait dû consentir à se séparer de ses filles : ailleurs, elles auraient peut-être survécu. Qu'à force de chercher à les protéger, il les a condamnées à mort.

Ces « il aurait dû, il n'aurait pas dû » exaspèrent Teresien. Dans la cuisine des Frank où nous buvons un thé, elle se départ de son ton affable de chercheuse : et où les aurait-il envoyées, ses filles ? Qui connaissait-il, cet immigré allemand, ce citadin, à la campagne ? Certaines familles hollandaises acceptaient de cacher des clandestins dans des poulaillers exposés au froid, ou dans des remises, des cabanes construites à la hâte dans les forêts, moyennant finances. C'était pour eux une occasion de gagner de l'argent.

Anne et Margot se seraient retrouvées totalement dépendantes d'inconnus, des proies faciles, des proies sexuelles, aussi… Otto Frank a fait ce qu'il a pu, comme il a pu.

Pendant des mois, il rédige des listes : il ne faudra manquer de rien lorsque la famille s'installera dans les pièces inoccupées, au-dessus des bureaux d'Opekta. Il lui faut songer aux casseroles, aux draps, au savon et aux allumettes, aux bougies, aux cachets d'aspirine et au sirop pour la toux. Doit-il emporter les manuels scolaires de ses filles, des dictionnaires, pour leur faire la classe ? Combien de mois cela durera-t-il ? Un automne ? Plus longtemps ? Faut-il prévoir des vêtements d'hiver ?

Chaque matin, Otto quitte l'appartement de Merwedeplein avec, dissimulées dans sa sacoche, une poêle ou des serviettes de toilette ; chaque matin, il prend le risque d'être arrêté par les nazis qui sillonnent Amsterdam. L'appartement qu'Otto vide peu à peu est le dernier espace de lumière avant l'effacement et le silence.

Teresien me raccompagne sur le perron, il ne pleut plus. Elle me sourit, s'excuse de ne pas me consacrer plus de temps, il y a tant à faire au Musée. Alors je m'immisce dans ce sourire, je lui demande : après trente-sept années passées auprès de la famille Frank, Teresien s'est-elle découvert des affinités avec l'un d'entre eux en particulier ?

C'est Margot qui l'émeut. Elle est là, à l'arrière-plan de l'Histoire, une figurante discrète. Personne ne vient jamais au Musée pour elle. Elle tenait un journal, elle aussi. Peut-être, qui sait, le retrouvera-t-on un jour...

Nous nous saluons, je me retourne une dernière fois vers l'immeuble, les fenêtres de l'appartement sont entrouvertes.

Ces fenêtres, pour les Frank, avant le 6 juillet 1942, ne sont rien d'autre que des vitres banales. Des fenêtres qu'on ouvre grand, chaque matin, sur un quotidien d'odeurs mêlées : asphalte chaud, pain grillé, essence. Des fenêtres qu'on referme pour éviter un courant d'air. En a-t-on la nostalgie, de la brise, quand on est reclus vingt-cinq mois durant, en a-t-on le souvenir ? C'était un souffle, un murmure flottant ?

Je n'ai pas pris de notes pendant la visite et, dans le café où je m'y attelle, j'ai peur d'oublier l'essentiel. Peut-être est-ce l'appréhension de la nuit à venir.

Comment juge-t-on de ce qui est essentiel ? Se signale-t-il ou faut-il le débusquer ? Et si l'essentiel était partout, dans l'appartement de Merwedeplein ? Dans le moindre recoin de silence, au sein de chaque parcelle de vide, où ils ne sont plus.

Ce mot, aujourd'hui, appartient aux publicitaires, c'est une accroche de magazine : « l'essentiel » de la mode printemps-été.

Mais pour Anne Frank, quel sens a-t-il, ce mot, quand, le 5 juillet 1942, ses parents lui annoncent que Margot a reçu la convocation redoutée ? Il faut partir, dès le lendemain matin : elle ne pourra emporter que l'essentiel.

Peut-on, à treize ans, faire le tour de sa courte existence en moins d'un après-midi, la classer en deux colonnes, essentiel et non-essentiel ? Peut-on, à l'âge de treize ans, ordonner sa vie comme on pose une soustraction : en supprimer le « non-essentiel », un jeu, un livre, un pull, un chat, Moortje, auquel Anne Frank était tellement attachée.

Elle prendra, dans le désordre, *des bigoudis, des mouchoirs, des livres de classe, un peigne, des vieilles lettres.*

Si j'ignore quelles furent les hésitations d'Anne Frank, je sais, nous savons, qu'elle choisit d'emporter ce cahier recouvert d'un tissage rouge et blanc à carreaux et orné d'un petit cadenas argenté, offert par son père, dans lequel elle écrit :

Ça m'a fait un choc terrible, une convocation pour Margot, tout le monde sait ce que ça veut dire, les camps de concentration et les cellules d'isolement me viennent déjà à l'esprit.

Le dimanche 6 juillet 1942, à 7 h 30, une fille de treize ans traverse la ville grisée de pluie. Une hors-la-loi, en fuite, au cœur frappé d'une étoile jaune, son corps frêle engoncé sous des couches de vêtements, assez pour tenir un automne, un hiver, et combien de saisons de plus.

Je portais une combinaison, deux chemises, deux culottes, une robe et une jupe, un gilet de laine et un manteau, il pleuvait à verse donc j'ai mis un foulard, et maman et moi avons pris chacune une sacoche sous le bras.

Il est 20 heures, le Musée a fermé ses portes. Le directeur m'accueille dans l'entrée, il m'ouvre le chemin et je quitte le jour.

Je m'attendais à traverser un bâtiment ancien mais nous passons des salles aux murs immaculés, celles du Musée contemporain, construit à la fin des années 1990. Ronald Leopold commente les documents historiques qui y sont exposés, je ne retiens rien de cette visite accélérée. Si lire son *Journal* c'est entrer « avec elle » dans l'Annexe le 6 juillet 1942, le Musée, lui, remonte le temps. Il prépare le visiteur à l'Annexe, par étapes : l'éclairage moderne des premières pièces se tamise, les peintures satinées cèdent la place aux fissures de murs lambrissés.

Une flèche indique une exposition temporaire, elle est consacrée aux photos collées aux murs de la chambre d'Anne Frank. Je prends note dans l'agenda de mon téléphone – Aller voir l'expo –, un réflexe. Ronald Leopold s'en amuse : je trouverai bien un moment dans mon emploi du temps surchargé, cette nuit, pour m'y rendre.

Un escalier abrupt mène aux bureaux où travaillaient les employés d'Opekta qui *savaient* : le directeur emploie le mot « bienfaiteurs ».

Miep et Jan Gies, Bep Voskuijl, Johannes Kleiman, Victor Kugler. Comment les appeler ?

Des résistants ? Des amis ? Des justes ? Des idéalistes ? Des inconscients ?

S'ils veillaient à leur survie matérielle, ils étaient aussi *essentiels* au moral des clandestins. Tous les mercredis, Victor Kugler, le bras droit d'Otto, apportait à Anne Frank ses magazines de cinéma préférés. Bep s'était inscrite à un cours de latin, en réalité suivi par Margot. Bep et Miep donnaient aux sœurs Frank des travaux de secrétariat pour les occuper. Jan et Miep empruntaient pour elles des livres à la bibliothèque.

Chaque matin, Miep montait à l'Annexe, elle s'enquérait des courses à faire. Dans son autobiographie, elle raconte l'impatience d'Anne Frank, qui se précipitait dès qu'elle entendait la porte s'ouvrir : alors Miep, quelles nouvelles ? Que se passe-t-il dehors ?

Il fallait tout lui raconter, même ce que les adultes n'avaient pas envie d'entendre : les rafles, les arrestations, les disparitions, les déportations.

« On ne pourra pas dire qu'on ne savait pas » : cette phrase est un slogan, que le flot d'informations qui nous submerge a rendu obsolète. Nous savons. Nous avons vu les images de tous les massacres, nous avons assisté à tous les conflits, comme à un spectacle.

On ne pourra pas dire qu'on ne savait pas ; on pourra dire qu'on ne savait pas que faire de ce qu'on savait. On pourra dire l'impuissance qui nous saisit, qui nous écrase, plus on sait et moins on peut. Ce dont on est témoin est semblable à une question qui nous serait adressée. Nous pouvons choisir de l'ignorer.

Je n'ai rien fait, clament les enfants qu'on accuse injustement. Je n'ai rien fait, savent les adultes qui passent leur chemin.

Miep, Jan, Bep, Johannes et Victor savaient les décrets qui frappaient les juifs, ils voyaient quotidiennement, dans les rues d'Amsterdam, se perpétrer des actes antisémites.

Il leur aurait été facile de passer leur chemin : aucun d'entre eux n'était juif. Ils avaient toutes les raisons du monde de passer leur chemin : venir en aide aux juifs était passible de prison, au minimum. Quand on leur a demandé, après guerre, la raison de leur engagement, ils l'ont expliqué par la négative : ils n'auraient pas pu ne pas faire ce qu'ils ont fait.

Miep Gies détestait qu'on parle d'elle comme d'une héroïne, elle n'avait rien de particulier, disait-elle. Otto Frank l'avait embauchée comme secrétaire. Il se montrait très respectueux de son travail. Elle était toujours bien accueillie chez les Frank, ils l'invitaient régulièrement à dîner dans leur appartement de Merwedeplein, elle avait de l'affection pour Anne et pour Margot.

Aux premières mesures antijuives, elle avait espéré que les Frank parviendraient à fuir.

Le matin où elle avait vu, cousue sur le pardessus d'Otto Frank, une étoile jaune, elle avait été bouleversée qu'il la salue et s'installe à son bureau comme si de rien n'était.

Quelques semaines plus tard, il lui avait révélé son plan secret. Cette confiance aussi avait bouleversé Miep.

Ceux qui entraient dans la clandestinité étaient rayés de l'état civil ; ils n'avaient donc plus accès aux coupons attribués sur présentation d'une carte d'identité. La famille aurait besoin de Miep pour se nourrir. Otto avait insisté pour qu'elle réfléchisse avant de lui répondre. Miep ne s'était pas même posé la question de refuser, son mari non plus.

Avait-elle eu peur ? Constamment. Peur de tomber malade et de ne plus pouvoir subvenir aux besoins des clandestins, peur d'éveiller les soupçons des employés qui, dans l'entreprise, ne savaient pas. Peur, tous les jours, de ne pas trouver de quoi manger et aussi peur d'être dénoncée par des commerçants rendus soupçonneux par la quantité de ses achats. Peur, de ce qui arriverait si elle était arrêtée. Et peur, si les nazis la torturaient, de ne pas supporter la douleur, de tout révéler.

Aucun des protecteurs n'aimait qu'on vante son courage. Peut-être avaient-ils raison : le courage est une décision qui se manifeste face au danger, à un moment précis. Leur courage, lui, se raconte au pluriel ; ce sont des courages, une étendue de courages, de chaque matin et de tous les soirs, deux années durant, à chaque fois qu'ils poussaient la porte de la cachette.

Il y a de la folie dans l'histoire de l'Annexe, une folle inconscience. Cette belle inconscience des protecteurs qui risquent leur vie pour la famille Frank.

Mais aussi l'inconscience, belle et folle, d'Otto Frank, au moment où il décide d'avoir foi dans la solidarité de Miep Gies.

Elles se renvoient la politesse, elles s'entraînent et se répondent, ces belles et folles et immenses inconsciences : une semaine à peine après leur installation dans l'Annexe exiguë, Otto et Edith y accueillent Hermann van Pels, sa femme Augusta, et Peter, quinze ans. Hermann est l'employé d'Otto depuis 1939.

Quatre mois plus tard, les rafles antijuives s'intensifient ; les protecteurs et les clandestins choisissent ensemble d'accueillir une huitième personne, « le danger n'est pas moins grand pour sept que pour huit », dit Otto. Fritz Pfeffer, un dentiste juif allemand, ami des Frank, les rejoint : il a fui l'Allemagne après la Nuit de Cristal.

Elle est semblable à un reflet, l'inconscience, qui renvoie la générosité. Peut-être est-elle « l'essentielle » de cette histoire.

La nuit renverse le temps, il me semble que je marche derrière le directeur depuis des kilomètres. Des escaliers donnent sur d'étroits et longs couloirs, qui, à leur tour, donnent sur un autre escalier.

Je l'attends, je l'ai si souvent vue en photo, cette célèbre bibliothèque pivotante qui dissimule l'entrée de l'Annexe. Au fond d'un ultime couloir, elle est là : encombrée de dossiers entassés, un faux-semblant de bibliothèque derrière lequel un livre, une œuvre, s'est écrit. Au sol, des marques récentes enjoignent de conserver un mètre de distance entre chaque visiteur.

Quelque marches inégales mènent à une chambre étroite, celle de Margot et de ses parents. Le directeur a choisi d'installer mon lit de camp ici. Il a pensé que la chambre d'Anne, juste à côté, serait un peu, enfin... Elle est très *habitée*, ajoute-t-il, avant de s'éclipser.

Je déballe mes affaires. L'ordinateur portable, un carnet et un cahier – mon journal intime –, un chargeur, une thermos, un tee-shirt, une brosse à dents et un tube de dentifrice, des boules Quies (mais qui donc pourrait me déranger ici ?) et la barrette de Lexomil recommandée par ma mère. J'ai hésité, dans ma chambre d'hôtel, à prendre un pyjama. Cela m'a paru relever de la mise en scène : je sais que je ne vais pas dormir, ici. Ou peu.

J'organise ma nuit. Je trace de grandes colonnes dans mon carnet, je partage le temps en tranches horaires. Je liste les choses à faire à la façon d'une touriste, j'entoure, sur le plan du Musée, les documents à ne pas manquer, les salles à visiter. Je prévois de me reposer une heure. J'ai pensé à tout, sauf à la température, glaciale. Je me maudis de ne pas avoir emporté un pull-over, tout le monde sait que les musées sont maintenus à basse température pour protéger les œuvres qui y sont exposées. Mais ici, que protège-t-on ? L'Annexe est le musée le plus vide du monde, seuls les portraits encadrés d'Edith, Otto et Margot me font face, et une carte des côtes normandes, piquée de points multicolores : Otto suivait à la radio la progression des Alliés.

Depuis le lit de camp où je suis assise, dans la pénombre, je distingue un étroit rectangle de papier peint, protégé d'un cadre. Ce cadre, de loin, paraît vide.

« Souvent pour comprendre, il faut regarder au cœur même du vide. » Cette phrase d'Antonioni est citée dans *La Paix avec les morts* de Rithy Panh et Christophe Bataille. Je l'ai recopiée dans mon carnet quelques jours avant d'entrer dans la nuit.

Je m'approche du papier peint encadré, et au cœur même du vide, je ne vois que quelques chiffres et de fines lignes, bien droites. Au cœur même du vide, un père inscrit, tous les mois, au crayon à papier, des preuves de vie. Otto Frank note qu'ici, en deux ans, Margot a pris un centimètre et Anne, treize.

À son retour d'Auschwitz, seul dans l'Annexe vide, Otto Frank y passera des heures : il décollera précautionneusement ce rectangle de papier peint. Il ne peut pas perdre ça, aussi. La seule chose qu'il lui reste, ce sont ces traits de crayon, d'un gris léger, qui disent qu'en ce lieu, privée de soleil, de printemps et de vent, la vie a arraché quelques centimètres à l'ombre.

L'écho des cloches, ce carillon de l'église Westerkerk, vibre à l'unisson avec le souffle léger de la climatisation. Il est 22 heures. Il y a quelques instants, une femme chargée de la sécurité a toqué à la porte : elle vient m'apporter un talkie-walkie et m'apprendre à m'en servir.

Si je quitte la chambre, il me faudra le prendre, et mon téléphone aussi : l'Annexe est un dédale pour qui ne la connaît pas. Mais pas d'inquiétude : des caméras de surveillance sont disposées dans chacune des pièces. Gladys saura me retrouver si je m'y égare.

Ces murs aux fenêtres closes et opacifiées ont été le décor d'une écriture, un décor aussi protecteur qu'écrasant. Le lieu d'une naissance en même temps qu'une geôle, un piège.

Des murs témoins d'un « paquet de contradictions », écrit Anne Frank à la dernière page de son *Journal*. Celles d'une adolescente, et celles, aussi, d'une écrivaine face à ses pages. Doutes, questionnements, *le meilleur et le plus sévère de mes juges ici, c'est bien moi, c'est moi qui sais ce qui est bien ou mal écrit.*

La jeune fille ne se ménage pas : dans sa nouvelle « La vie de Cady », *il y a beaucoup de bonnes choses mais l'ensemble est nul*, note-t-elle.

Un soir de juillet, Miep rentre à l'improviste dans la chambre d'Anne, qu'elle trouve penchée sur son cahier. « Les sourcils froncés comme si elle souffrait d'une violente migraine, elle fixait sur moi un regard sombre, hostile. La jeune fille qui écrivait à cette table n'était pas celle que je connaissais », raconte Miep dans son autobiographie.

En escrime, l'« engagement » désigne le fait de toucher le fer de son partenaire.

Écrire est un engagement à ferrailler. On s'engage dans l'écriture comme dans une armée imaginaire, où l'on serait à la fois général et aspirant soldat.

Relire chaque matin ce qu'on a écrit la veille est semblable à la barre quotidienne d'une danseuse face au miroir : un exercice d'humilité. Votre texte est impitoyable, il vous reflète, il est maladroit, boiteux et désordonné. Mais s'en attrister n'est pas faire preuve de rigueur ; c'est une blessure d'orgueil : on est déçue, on se rêvait plus brillante. Se relire sans complaisance exige peut-être de « se déprendre de soi-même », comme l'écrit Foucault : le texte est plus important que son autrice.

Pourquoi préférer la solitude de l'écriture, pourquoi consacrer tellement de temps à des vies irréelles mais vraies, à des créatures ni mortes ni vivantes ?

Écrire n'est pas tout à fait un choix : c'est un aveu d'impuissance. On écrit parce qu'on ne sait par quel autre biais attraper le réel. Vivre, sans l'écriture, me va mal, comme un habit trop lâche dans lequel je m'empêtre. Il faut parfois rétrécir l'espace pour en entendre l'écho.

Pourquoi écrit-on ? Peut-être est-il possible de répondre par la négative : ne pas écrire met à vif toutes les failles, alors on écrit.

Dans *Le Mur invisible,* un roman de Marlen Haushofer, une femme passe quelques jours de vacances dans un chalet, à la montagne. Au réveil, elle découvre qu'une catastrophe dont elle ignore la cause s'est produite pendant la nuit : un mur invisible est tombé, qui la sépare du reste d'un monde dans lequel rien n'a survécu.

Le roman prend la forme d'un journal intime qui commence ainsi : « Je n'écris pas pour le seul plaisir d'écrire. M'obliger à écrire me semble le seul moyen de ne pas perdre la raison. Je suis seule ici et je n'ai personne qui puisse réfléchir à ma place ou prendre soin de moi. [...] J'ai entrepris cette tâche pour m'empêcher de fixer les yeux grands ouverts le crépuscule et d'avoir peur. »

S'il s'annonce comme un récit de science-fiction, il n'y a pourtant rien, dans *Le Mur invisible*, que nous ne connaissions pas. Nous savons la solitude, nous savons nos tentatives d'y faire face.

On construira des maisons, on donnera naissance à un jardin, à des enfants, on apprendra les mots nouveaux de langues étrangères, on gravira des montagnes, on surfera des vagues, on apprendra à danser ou à faire des gâteaux, on se mettra à nu, on se frottera à l'amour. Certains vont à la rencontre de leur vie, ils s'en saisissent, d'autres se tiennent légèrement de biais : ils l'écrivent.

Quelle étrange façon d'être au monde que ce retrait à un poste d'observation. On assiste à la vie, suffisamment proche d'elle pour en saisir les nuances, mais en se tenant loin du vacarme comme des certitudes, pour qu'elles n'aveuglent pas la page blanche. On peut toujours tracer des plans et faire comme si on savait où on allait, mais l'écriture est un chemin sans destination, l'écriture a la beauté inquiétante de ce qui ne mène nulle part, et ce pendant des mois, parfois.

C'est un geste apatride que celui d'écrire, une échappée sans ancrage, en terres inconnues. Mes romans me baladent, ils me mènent en bateau. Je crois avancer. Au bout de plusieurs semaines d'écriture, je ne sais plus rien sauf ceci : ma route est une impasse. Le récit m'échappe, il attend, ailleurs.

Je ne parviens pas à éviter cet égarement. Consentir à me perdre est une étape de l'écriture. Consentir à perdre, aussi. À m'avouer vaincue, battue. Accepter d'abandonner toute tentative de domination sur l'écriture, tout ce que je tenais pour certain. Il faudra avancer dans l'obscurité, à tâtons, trébucher sur des mots qui regimbent, des paragraphes rétifs ; la langue n'est pas un objet inerte dont on se saisit et qu'on plie à sa volonté. C'est elle qui nous transforme, qu'on lise ou qu'on écrive.

Elle retient ce qui vacille dans l'oubli, paysages, silhouettes, elle nous retient, nous rattrape quand on imagine ne plus y croire, les mots sont là, tangibles, vivants. Pourquoi écrit-on ? Si j'ai oublié comment se termine le roman *Confessions d'un gang de filles*, de Joyce Carol Oates, ces quelques lignes, je les connais par cœur :

« Quoi que vous fassiez, que vous le fassiez seule ou non, à quelque moment que vous le fassiez, de quelque façon que vous le fassiez, pour quelque raison que vous le fassiez, quelque mystérieux que soit le but dans lequel vous le fassiez, n'oubliez jamais que sur l'autre plateau de la balance il y a toujours le néant, la mort, l'oubli. Que c'est vous contre l'oubli. »

J'ai passé mon enfance dans la Roumanie de Ceauşescu.

À mon arrivée à Paris, à l'âge de douze ans, si l'avènement mondial de Nadia Comăneci avait momentanément mis le pays en vedette, pour les jeunes Français que je rencontrais, les pays communistes restaient un « bloc » monolithique, triste, grisâtre et sans nuances, un monde de fiction. Celui de films dans lesquels les espions et les prostituées venaient sempiternellement d'un « pays de l'Est ».

Les mots que nous utilisions n'étaient pas chargés du même sens.

Pour les élèves de ma classe de cinquième, un passeport était synonyme de joie, de vacances à l'étranger. Les Roumains, eux, prononçaient ce mot à voix basse ; il avait la séduction dangereuse d'un secret. *Paşaportul.* Personne n'en possédait car personne n'était autorisé à quitter le pays, à part quelques rares privilégiés.

Pour les jeunes Français, faire ses courses au Monoprix était une corvée. Pour moi, c'était une fête, j'en explorais tous les rayons, émerveillée par l'abondance des produits et par leur beauté, jusqu'aux emballages colorés.

Les collégiens s'agaçaient des publicités au cinéma, je n'osais leur avouer que j'aimais passionnément ce monde vaporeux où les jeunes filles avaient des règles azurées et sans odeur, où des femmes aux yeux mi-clos jouissaient de déguster un yaourt au ralenti.

Pour eux, « être sur écoute » était une réplique de film d'espionnage, pour moi, c'était un souvenir : quand on décrochait le combiné, à Bucarest, un étrange grésillement témoignait d'une présence sur la ligne, il arrivait même que j'entende les agents plaisanter entre eux. Les élèves de ma classe pouffaient, sidérés et narquois : mes parents étaient sur écoute ? J'étais mythomane !

Je renonçais à leur expliquer le quotidien paranoïaque qui avait été celui des Roumains, sous Ceaușescu. Un monde dans lequel on ne savait jamais qui était qui, allié, informateur, ou les deux à la fois.

Faute de me faire des amis, je me mis à écrire ce que je ne parvenais pas à partager. Mes anecdotes, qualifiées de *n'importe quoi*, je les transformais en fiction. Un matin, ma voisine de classe aperçut un feuillet dactylographié dans mon cahier de textes. Une histoire ? Pouvait-elle la lire ? À la récréation, elle vint me trouver, y avait-il une suite ?

La porte s'était entrouverte.

Tous les jours, après les cours, je travaillais à « la suite ». La suite de l'histoire des officiels français qui fantasmaient mes parents, simples professeurs de littérature, en espions à la solde des Roumains.

La suite de l'histoire d'Irina qui s'était enfuie, elle avait passé la frontière cachée dans le coffre de la voiture d'un diplomate.

La suite de l'histoire d'un ami de mon père, un poète emprisonné dans les années 1960 pour « subversion », à qui, chaque matin sans exception, ses gardiens avaient fait croire qu'il serait exécuté.

L'histoire de Maria Vecerdea, ma grand-mère de cœur, dont je savais, en quittant la Roumanie, que je ne la reverrais pas.

Peut-être commence-t-on parfois à écrire pour faire suite à ce qu'on a perdu, pour inventer une suite à ce qui n'est plus. Pour dire, comme le petit rond rouge sur un plan, que nous sommes *ici*, vivants. Si la mémoire s'étiole, les mots, eux, restent intacts, ils sont notre géographie du temps.

Mes camarades de classe avaient raison : écrire est un mélange de *n'importe quoi*, en périphérie du réel, loin de la vérité, car elle n'existe pas. Et ces précieux *n'importe quoi* nous lient les uns aux autres, écrivains aux lecteurs, comme un serment, un contrat dont on ne respecterait qu'un terme : on se croira.

Nous sommes les enfants des romans que nous avons aimés, ils se déposent au creux de nos peines, de nos manques, ils contiennent tout ce qui se dérobe à nous, qui passe sans qu'on ait pu le comprendre, nous sommes faits d'histoires qui ne nous appartiennent pas, elles nous irriguent et nous hantent, nous qui « marchons dans la nuit au-dessous de ce qui est écrit là-haut, également insensés dans nos souhaits, dans notre joie, notre affliction » (Diderot).

Écrire son journal est un serment, aussi, un jeu d'enfant auquel on ne renonce pas. Un jeu dont on fixe les règles : on se racontera sa propre histoire, comme à une autre.

On sera sans faux-semblant, on se dévoilera côté pile. On avouera tout, à la fois sujet et objet d'écriture : on s'écrira têtue et colérique, hésitante et acharnée. Un nouveau soi-même émerge, au fur et à mesure qu'on s'écrit.

Tenir son journal, régulièrement ou sporadiquement, est un engagement : dire *je*, c'est affirmer sa singularité.

Le *je* d'Anne Frank reflète tout ce qui nous appartient et qu'elle a perdu : la lumière du dehors, la brise, l'éblouissement du soleil et la noirceur infinie de ce qu'on ne perçoit pas, entre les étoiles. Il contient un tout de petits riens : la vie quotidienne dans l'Annexe était aussi faite de dîners à préparer, de café à réchauffer, de livres aux pages cornées, de disputes et de larmes, et même, narguant l'opacité des fenêtres recouvertes de feutrine, d'un minuscule coin de ciel, au grenier.

Le *je* d'Anne Frank est addictif. On en veut plus, encore. On le suit, ce petit *je*, soumis à tant d'émotions contradictoires, qui décrète ne pas aimer sa mère et qui sanglote d'être esseulée. Un *je* d'une drôlerie vacharde, qui n'a aucun scrupule à régler ses comptes avec son entourage. Un *je* qui sait, à quatorze ans, que la politique n'est pas un sujet pour adultes, mais un intolérable quotidien d'enfant.

Un *je* qui n'a pas le temps de feindre d'être « comme il faut ». C'est sans fausse pudeur qu'Anne Frank décrit minutieusement son sexe, la masturbation et ses crises d'angoisse.

Un *je* qui bataille, aussi, et qui refuse les limites que tente de lui imposer l'adulte qui partage sa chambre : Fritz Pfeffer. Il monopolise leur petite table, ironise : mais à quoi travaille-t-elle de si important, quelle est cette « œuvre » à laquelle Anne consacre tellement de temps ? Un manuel de tricot, peut-être ? Elle lui tient tête, défend son maigre territoire, plaide sa cause. Il les lui faut, ses deux après-midi par semaine où écrire sans être dérangée. Il s'offusque, l'adulte, on n'a jamais vu un égoïsme pareil : il faudrait céder sa place à une gosse qui raconte sa vie dans un journal ? Elle n'a pas plus de choses à dire que lui, ils sont tous logés à même enseigne, enfermés, sans rien à vivre.

Comme il se trompe, l'adulte.

La famille est un microcosme, il y règne les mêmes conflits et désirs de pouvoir que dans toute société.

On dit des femmes qui écrivent leur expérience de vie qu'elles « se » racontent, que leur récit est « personnel ». Le journal intime d'un homme, en revanche, semble contenir des vérités universelles. S'atteler au récit du monde a longtemps été l'apanage de ceux qui pouvaient l'arpenter, ces « récits de grands voyageurs ». Aux femmes, on abandonnait l'examen des sentiments, on leur concédait un savoir de l'intime, de l'intérieur, qu'il soit domestique ou sexuel.

Le monde d'Anne Frank s'étend aussi loin que possible, elle en sonde le cœur, elle s'aventure au bord des à-pics. Elle se joue de l'enfermement, son *je* se cogne au décor. La jeune fille valse furieusement entre les injonctions : pas question d'avoir la même vie que sa mère et *toutes ces femmes qui font leur travail puis qu'on oublie*. Elle se joue des identités, immigrée allemande et ardemment hollandaise. À peine pose-t-elle une affirmation qu'elle la raye d'un *pourquoi*, à peine dit-elle *je* qu'elle parle de nous, à peine a-t-elle douze ans qu'elle en a déjà quinze, à peine une adolescente, elle ne vivra pas assez longtemps pour être une femme.

Elle dormira plus tard, elle a trop à étudier, cette affamée qui lit pêle-mêle la vie de Galilée, la biographie de Charles Quint, la guerre de Sept Ans, celle de neuf, les magazines consacrés aux stars de cinéma, les généalogies des familles royales européennes, l'histoire de l'art d'Anton Springer, des romans pour la jeunesse, l'histoire de Thésée, celle d'Œdipe, d'Orphée. Elle a trop à comprendre, aussi, de ce monde au-dehors qui lui interdit d'exister, qui fait de son futur un néant. De quoi Anne Frank ne parle-t-elle pas ?

Il est bientôt 23 heures, je n'ai toujours pas quitté la chambre des époux Frank et de leur aînée. Assise sur le lit de camp, je relis mes notes. Je songe un instant à envoyer des SMS, à appeler quelqu'un. La perspective de répondre aux questions m'en dissuade. Ces « Alors ? Ça te fait quoi d'être là-bas ? ».

Car je devrais avouer que je n'en sais rien. Je ne sais pas ce que ça me fait d'être là.

Pour le savoir, il faudrait que je me le raconte, que je l'écrive. Le présent que je n'écris pas flotte, un brouillon sans contour. C'est en écrivant ce que je vis que je comprends ce que je vis.

Depuis que je me suis lancée dans ce projet, on m'a mise en garde à trois reprises : le directeur du Musée a évoqué, lors de notre première rencontre, ceux que l'histoire d'Anne Frank dévore. Laureen Nussbaum m'a prévenue : il ne faut pas se contenter de lire, dans le *Journal*, ce qui nous arrange. La vigile de l'Annexe, elle, m'a avertie qu'on s'y perdait facilement.

Les concepteurs de labyrinthes conseillent, pour en sortir, d'en éviter le cœur.

« Le centre n'est pas un point. / Sinon il serait facile de l'atteindre. / Il n'est pas même la réduction d'un point à son infini. / Le centre est une absence / de point, d'infini et même d'absence / et ne s'atteint que par l'absence. », écrit Roberto Juarroz dans son recueil *Poésie verticale*.

Cette chambre de jeune fille – un réduit – qui attire des milliers de visiteurs est-elle le cœur du Musée, est-elle au cœur de son histoire, ou alors faut-il en revenir aux mots, toujours ?

Le cahier à carreaux rouges et blancs est là, près de moi, dans une salle du Musée contemporain, protégé d'une châsse de verre et de plusieurs systèmes de sécurité ultra-sophistiqués.

Seule Teresien da Silva est autorisée à y toucher, les mains gantées et en présence de plusieurs personnes, dont l'historien David Barnouw de l'Institute for War, Holocaust and Genocide Studies.

À qui appartiennent les précieux mots d'Anne Frank ?

Le 4 août 1944, la Gestapo envahit l'Annexe et met tout à sac : les feuilles volantes, les cahiers s'éparpillent sur le sol.

Dès le lendemain, Miep Gies s'empresse de les ramasser, elle sait l'importance, pour la jeune fille, de son journal, elle l'a vue écrire quotidiennement. Elle les range au fond d'un tiroir : elle les lui rendra à son retour.

Dans son autobiographie, Miep concède que, si elle avait ouvert un seul de ces cahiers, elle aurait tout brûlé, tant le récit la mettait en danger : son nom, comme celui des autres bienfaiteurs, s'y trouvait.

À l'été 1945, Otto Frank reçoit la lettre qui lui confirme la mort de ses deux filles, Miep se résigne à donner les écrits d'Anne Frank à son père.

« Voilà ce que votre fille vous a laissé. »

Des mois durant, il ne peut se résoudre à la lire. Lui qui a juré à Anne que jamais il n'ouvrirait son cahier sans qu'elle l'y autorise. Est-ce la trahir, de le faire, ou est-ce quelque chose qui lui incombe ?

Lorsqu'il parvient enfin à s'y plonger, chacune de ses phrases le bouleverse, la voix de sa fille creuse plus encore la béance de son absence. Il en lit des passages à Miep, aux parents de Laureen Nussbaum, il ne parle plus que d'elle, il en parle au présent : *savez-vous ce qu'Anne dit, ce qu'Anne pense ?*

Tous les dimanches, il se joint à quelques anciens déportés ; s'ils restent muets sur ce qu'ils ont subi, ils échangent le peu d'informations dont ils disposent. Tous cherchent des proches dont ils ne savent s'ils ont survécu.

Otto, lui, n'a plus personne de qui s'inquiéter. Ce qu'il a, et qu'il emporte partout avec lui, ce sont les cahiers de sa fille, ses mots à transmettre. Pour qu'il n'y ait plus jamais de récits tels que celui-ci.

Otto propose d'en lire un extrait aux survivants. L'un d'entre eux, happé par le ton de l'autrice, demande à Otto de lui prêter le cahier. Otto hésite. Mais il le sait : sa fille rêvait d'être lue.

Ce premier lecteur, impressionné, s'en ouvre à un ami, professeur d'histoire, qui, à son tour, s'enthousiasme. Pourquoi ne pas soumettre le texte à un éditeur ? Si Otto Frank se montre d'abord réticent, il choisit, encore une fois, d'être fidèle aux rêves de sa fille.

Mais comment un éditeur s'y retrouverait-il, dans ce fatras de pages dont certaines se ressemblent jusqu'à se confondre, les deux versions du journal qu'Anne Frank a réparties sur un cahier rouge et blanc, deux livres de comptes, un livre d'exercices de chimie appartenant à Margot, plus de deux cents pages volantes, sans oublier ses nouvelles, et le cahier sur lequel la jeune fille recopiait des passages de ses lectures les plus marquantes.

Si, pour Teresien da Silva, Otto Frank est l'homme des décisions extraordinaires, celle-ci en est une : le père s'attelle à continuer le travail de sa fille. Il y consacre tout son temps, s'y emploie avec minutie, il compare les variantes, ligne après ligne. Qu'aurait-*elle* voulu ? Qu'aurait-*elle* choisi ?

Otto Frank n'a pas *décidé* des passages à conserver, il a dû faire une sélection, c'est différent, me dit Laureen Nussbaum lors de notre rencontre. Ce n'était pas un littéraire. Et son choix le prouve : afin de reconstituer un texte linéaire, Otto Frank mélange les pages du journal intime « brut » à celles qu'Anne Frank a retravaillées.

Mais alors, le père a-t-il censuré sa fille ? Non, s'agace Laureen quand je le lui demande, et il n'a jamais touché à son style, non plus. C'est Anne elle-même qui a supprimé des passages qu'elle trouvait peut-être trop personnels, dans l'idée qu'ils n'intéresseraient pas ses futurs lecteurs.

En 1947, une petite maison d'édition néerlandaise s'engage à publier le journal, sous condition qu'Otto Frank coupe les passages dans lesquels la jeune fille évoque sa sexualité et ses règles sans équivoque.

Les éditeurs allemands, eux, choisissent de les réintégrer mais exigent la suppression des « paragraphes négatifs » mentionnant l'antisémitisme nazi : de telles pages pourraient « offenser » les lecteurs.

Aucune édition, dans aucun pays, ne fait mention du travail de réécriture d'Anne Frank elle-même. Le *Journal* est présenté comme l'œuvre spontanée d'une adolescente. La première édition américaine choisit de mettre en couverture la photo d'une Anne de dix ans, soit trois ans avant qu'elle commence à écrire. La précocité de l'autrice devient ainsi l'argument de vente majeur.

Laureen Nussbaum est une des premières universitaires à avoir analysé le *Journal* en tant qu'œuvre littéraire. L'un de ses articles a pour titre : « Is Anne Frank at last taken seriously as a writer? ».

Est-elle enfin prise au sérieux comme autrice, celle qui fait l'objet d'un culte ?

À qui appartient Anne Frank, s'interroge Cynthia Ozick, dans un article publié par *The New Yorker* en 1997. À qui appartient-il, ce *Journal*, dont la lecture s'apparente à un rite de passage pour des millions d'adolescents depuis 1947 ? À ses lecteurs ? Aux éditeurs ? À son père, grâce auquel il a été publié ?

Il y a tant d'amour, tellement d'amour autour d'elle : un amour fou, dévorant, qui autorise les prétendants à parler pour celle qu'ils disent aimer, plus fort qu'elle, à sa place.

Meyer Levin, en 1951, vit en France. L'écrivain américain a été correspondant de guerre, un des premiers à entrer dans le camp de Bergen-Belsen à la Libération.

Le *Journal*, qui vient d'être publié en français, le bouleverse : c'est la voix qu'il attendait, « qui s'élève du charnier », ce charnier qu'il a vu de ses yeux.

Il écrit aussitôt à Otto Frank, lui fait part de son émotion : il faut absolument porter les mots d'Anne Frank plus loin encore. Le *Journal* a beau être lu en France, aux Pays-Bas et en Allemagne, il ne connaît qu'un succès limité. Il faudrait qu'il soit traduit et publié aux États-Unis, il faudrait le jouer sur scène, ce texte extraordinaire.

Sans doute Meyer Levin se montre-t-il particulièrement persuasif : en dépit de ses réserves, Otto Frank donne son accord. Levin se lance dans une adaptation théâtrale.

Il s'y consacre comme à une mission. À tous ceux qu'il croise, éditeurs, journalistes, écrivains, il raconte, émerveillé, qu'il a été « choisi » par le père d'Anne Frank. Son ardeur achève de convaincre une maison d'édition américaine :

le *Journal* est publié en juin 1952, le tirage est modeste.

Très vite, les critiques littéraires louent le talent de la jeune fille. L'éditrice lance un deuxième tirage, puis un troisième. Le succès du livre attire des producteurs de théâtre et de célèbres dramaturges, comme Arthur Miller, Lillian Hellman ou Carson McCullers.

Levin, lui, a terminé une première version de son adaptation, il la soumet à Otto Frank : celui-ci la qualifie prudemment d'« exacte » mais préfère s'en remettre à l'avis de l'éditrice.

Laquelle rejette le texte. Levin tempête, il en appelle à Otto Frank, le supplie d'intervenir. Ils avaient un accord, n'est-ce pas ?

Otto Frank proteste, il n'a rien promis, rien signé avec cet écrivain américain qui le poursuit, le harcèle, cet homme s'accroche à sa fille, il la brandit telle une cause, jusqu'à en faire un objet de conflit. Cela lui est insupportable. Qu'ils se débrouillent, les éditeurs, les producteurs !

Ses proches conseillent à Levin d'abandonner, mais il n'écoute plus personne, ni amis, ni ennemis. Il consulte des avocats : il attaquera Otto Frank ! Il attaquera la productrice ! Il se battra pour *elle*.

Autour de lui, on s'inquiète, Otto Frank a fait un grave malaise : qu'il lui fiche la paix. S'il s'obstine, Levin finira par tuer le père d'Anne...

À l'été 1953, le projet patine. Les auteurs se sont succédé, la productrice a été remplacée par un habitué des grands succès de Broadway : Kermit Bloomgarden. Pour lui, un bon spectacle ne doit jamais être « démoralisant ».

Son verdict ne tarde pas : l'histoire d'Anne Frank est « trop juive » et « beaucoup trop triste » pour que le public américain y adhère. Il faut s'atteler à une nouvelle adaptation du *Journal*, quelque chose de « plus léger ». Le couple de scénaristes qu'il choisit arbore le CV adéquat : ce sont des spécialistes de la comédie enjouée, comme *Parade de printemps* ou *Le Père de la mariée*.

Ils promettent un spectacle qui comportera « de jolis moments de comédie faisant ressortir une situation tragique ».

Le metteur en scène sélectionné par la production, Garson Kanin, est célèbre pour ses comédies au rythme enlevé, telles que *Comment l'esprit vient aux femmes*.

Kanin est d'accord avec les scénaristes comme avec le producteur : la pièce ne devra être ni « trop juive », ni « trop triste ».

Si Anne Frank n'est plus juive, nous pourrons tous être Anne Frank. Le *Journal* doit et peut devenir une œuvre à portée universelle. Tous vont s'y employer.

Ce paragraphe, par exemple, qu'Anne Frank écrit le 11 avril 1944, on ne peut pas le conserver : *... nous sommes des juifs enchaînés... Qui nous a imposé cela ? Qui a fait de nous, les Juifs, une exception parmi tous les peuples ? Qui nous a fait tant souffrir jusqu'à présent ?*

Kanin en est certain : « Sans ce plaidoyer spécifique, gênant, la pièce pourrait déployer ses ailes à l'infini. »

On le supprimera donc et on le remplacera par ceci : « Nous ne sommes pas les seuls à avoir enduré la souffrance. Il y a toujours eu des peuples opprimés. »

Les quelques lignes qu'Anne Frank consacre à la fête de Hanukkah ? Supprimées. Aucun Allemand en uniforme n'apparaîtra sur scène. Enfin, l'idylle entre Anne et Peter passe au premier plan de la narration, comme dans toute comédie familiale à succès.

Levin a vent de ces réécritures. Transformer le *Journal* en un texte sentimental ! Le passé n'est pas loin, comment osent-ils... Persuadé qu'il aura gain de cause, Levin persiste à parfaire « sa » version.

Le milieu littéraire new-yorkais lui tourne le dos, on dit de lui qu'il est paranoïaque, dépressif, habité, hanté, ridicule. Sans doute l'est-il. Et peut-être, aussi, est-il atteint du mal du survivant, comme l'écrit sa femme, Tereska Torrès, dans le récit qu'elle a consacré à cette affaire : *Les Maisons hantées de Meyer Levin.*

Peut-être Levin est-il hanté par ce qu'il a vu à Bergen-Belsen, « les cheveux des petites filles mortes, toutes les petites filles, et les souliers des enfants morts, et les châles de prière et les gamelles cabossées, les châlits de bois et la paille pourrie sur laquelle Anne Frank a fermé les yeux, laissant s'échapper son âme ».

Il faut faire quelque chose, répète Levin à ses avocats, que les mots d'Anne Frank, les *vrais mots,* soient dits sur scène. Ils ne le seront pas.

Quelques jours avant la première, un journaliste du *New York Times* vante « un spectacle *en partie* basé sur l'histoire de huit juifs clandestins. Mais surtout, l'histoire d'une jeune fille qui refuse d'être privée de cette aventure qu'est l'adolescence. »

Otto Frank n'assiste pas à la première. Il ne verra jamais aucune représentation.

Dans une interview, Kanin vantera sa pièce « traversée de courage, de foi, d'espoir, de fraternité, d'amour et de sacrifice de soi ».

On lira dans le *Herald Tribune* que « la pièce a le mérite de ne pas provoquer une haine du nazisme et de ce que ce dernier a fait à des millions d'innocents. Au lieu de quoi, on est touché, on rit, aussi, ça n'est pas sombre comme histoire ! ».

Une histoire soigneusement expurgée de ce qui pourrait fâcher, mais pas encore assez pour le département d'État américain, qui, en 1956, renonce à envoyer le spectacle au Festival international du théâtre de Paris, en dépit de son succès : des officiels français craignent qu'un spectacle « basé sur la persécution des juifs ne compromette les relations cordiales avec l'Allemagne ».

À qui appartient Anne Frank ? À son père, qui admit, à la lecture du *Journal*, qu'il ne connaissait pas vraiment sa fille ? À Levin, submergé par le désir de faire entendre la voix de la jeune fille au point de parler plus fort qu'elle ? Aux producteurs de la pièce de théâtre, qui remplacèrent sa voix par une autre, moins « triste » et plus « universelle », récompensée par un prix Pulitzer ?

En 1958, c'est au tour du cinéma de s'emparer d'elle. Une jeune mannequin inconnue de vingt ans aux faux airs d'Audrey Hepburn interprétera Anne. Millie Perkins n'a jamais joué la comédie. Interviewée à Cannes, elle s'ébahit d'avoir été choisie, il y avait tout de même dix mille prétendantes. Avait-elle entendu parler d'Anne Frank avant ce casting ? Pas tellement, non, susurre-t-elle, en baissant joliment les yeux, ses faux cils frôlant sa joue. Mais avant le tournage, elle a lu la pièce, bien sûr. Le *Journal* ? demande le journaliste. Non, répond Millie Perkins, la pièce de théâtre.

Le metteur en scène George Stevens, ancien lieutenant-colonel de l'Army Signal Corps, a filmé la libération du camp de Dachau.

Peut-être est-ce pour cette raison qu'il tient, lui, à raconter l'histoire jusqu'à la fin : il prévoit de clore le film sur un plan large de la jeune fille, vêtue du costume de déportée, dans le brouillard d'un camp de concentration.

Quelques semaines avant la sortie, la 20th Century Fox organise des projections-tests, à l'issue desquelles le public se plaint d'une fin « trop triste », l'histoire est vraiment « trop dure ».

Les producteurs demandent à Stevens qu'il tourne une autre fin ; il serait préférable de terminer sur « une note d'espoir », afin de susciter « l'identification des spectateurs ».

La caméra balaye les visages terrorisés des huit clandestins : des voix brutales se rapprochent, celles de la Gestapo venue les arrêter. Les Allemands tambourinent à la porte de l'Annexe ; « Otto Frank » se lève et, posément, s'empare d'un sac de voyage qu'il tend à « Margot », puis il en prend un autre, qu'il donne à sa femme, et un dernier qu'il confie à sa cadette. Le père s'assied, comme rasséréné, et c'est d'un ton sage qu'il conclut, tandis que les nazis surgissent et les encerclent : « Ces deux dernières années, nous avons vécu dans la peur, à présent, nous pouvons vivre dans l'espoir. »

Cut.

Le visage extatique de Millie Perkins-Anne Frank s'affiche en surimpression sur un vaste ciel aux nuages duveteux, traversé d'oiseaux gracieux, elle susurre :

« Je crois encore à la bonté innée des hommes. »

THE END.

La bande-annonce du film en fait la promesse : « Jamais une histoire n'a été racontée avec un tel suspense que dans cette adaptation du *Journal* d'Anne Frank ! On voit l'excitation de son premier baiser ! L'émerveillement de sa jeunesse ! Le ravissement de son premier amour ! Le miracle de son rire ! ».

Le film, sorti en 1959, sera récompensé par quatre Oscars et distribué dans le monde entier.

Elle triomphe, cette « Anne » de fiction, toute de douceur et d'espoir, elle renvoie Anne Frank dans l'ombre de son Annexe.

Si nous sommes tous Anne Frank, il n'y a plus d'Anne Frank.

Dans *Le Moi des demoiselles*, Philippe Lejeune, spécialiste de l'autobiographie et des journaux intimes, dit ceci des diaristes du XIXe siècle : « On enseigne aux jeunes filles la résignation, elles attendent, occupent leur journée, scandent sur des cahiers l'écoulement de leur peine, le journal est prison dans la prison, en fuite vers l'intérieur, bouteille à la mer. »

La bouteille à la mer qu'Anne Frank a lancée, nous l'avons reçue. Nous l'avons chérie, ébahis qu'elle nous soit parvenue. Elle nous est si précieuse que nous nous soucions moins du contenu de cette bouteille que de la bouteille elle-même.

Les semaines précédant mon voyage à Amsterdam, lorsque j'évoque ce récit à venir, des amis me pressent de ne pas écrire un récit « trop sombre » car Anne Frank est « la vie même ».

Certains se souviennent de l'histoire d'amour naissante avec Peter, d'autres de sa description féroce du dentiste, de ses disputes avec sa mère, et aussi qu'elle revendique le statut de « flirteuse acharnée ». Tous ont raison. Le *Journal* est traversé d'amour, de larmes, de disputes pour des broutilles, qui sont autant de pieds de nez à l'horreur. Anne Frank a été drôle, futile, adolescente, en dépit du *reste.* Ce reste qu'elle n'a pas pu nous écrire.

La date du 1er août clôt le *Journal*, et nous sommes tentés de le refermer avec elle, sur elle.

Les sociétés se constituent sur ce qu'elles privilégient comme récit à transmettre. La citation la plus célèbre du *Journal*, écrite le 15 juillet 1944, est celle-ci : *Je crois encore à la bonté innée des hommes.*

Cette phrase est suivie de quelques lignes qu'on ne cite jamais :

Il m'est impossible de tout construire sur une base de mort, de misère et de confusion, je vois comment le monde se transforme lentement en un désert, j'entends plus fort, toujours plus fort, le grondement du tonnerre qui approche et nous tuera, nous aussi, je ressens la souffrance de millions de personnes et pourtant, quand je regarde le ciel, je pense que tout finira par s'arranger, que cette cruauté aura une fin, que le calme et la paix reviendront régner sur le monde.

Les extraits choisis des textes qu'on porte aux nues révèlent ce que nous désirons en retenir. Si nous tenons absolument à ce qu'Anne Frank nous parle de la « bonté innée des hommes », il n'est pas très étonnant que ce paragraphe, écrit le 3 mai 1944, ne soit pas passé à la postérité :

On ne me fera pas croire que la guerre n'est provoquée que par les grands hommes, les gouvernants et les capitalistes, oh non, les petites gens aiment la faire au moins autant, sinon les peuples se seraient révoltés contre elle depuis longtemps ! Il y a tout simplement chez les hommes un besoin de ravager, un besoin de frapper à mort, d'assassiner et de s'enivrer de violence, et tant que l'humanité entière, sans exception n'aura pas subi une grande métamorphose, la guerre fera rage, tout ce qui a été construit, cultivé, tout ce qui s'est développé sera tranché et anéanti, pour recommencer ensuite !

Quel étrange humanisme hollywoodien que le nôtre, à nous qui préférons nous souvenir surtout de la « bonté innée des hommes ». Quel cruel optimisme que le nôtre, celui qui, au nom de l'« espoir », préfère oublier ceci, écrit le vendredi 26 mai 1944 :

Si nous aussi un jour... non, je n'ai pas le droit de finir cette phrase, je n'arrive pourtant pas à chasser cette question aujourd'hui, au contraire, cette peur que j'ai déjà vécue me revient dans toute son horreur.

Si Anne Frank ne se donne pas le droit de finir sa phrase, nous avons peut-être le devoir de le faire.

Le 4 août 1944, la Gestapo pénètre dans l'Annexe.

Les Frank sont détenus quatre jours dans les locaux de la Gestapo, qui les transfère ensuite au camp provisoire de Westerbork.

Les filles d'Otto Frank y sont assignées à une pénible tâche : elles doivent désassembler de vieilles piles. Elles travaillent seize heures par jour.

Les Alliés ont débarqué en France, les Allemands vont perdre la guerre, on doute qu'ils continuent de déporter des juifs. Pourquoi le feraient-ils ?

Ils continuent de déporter des juifs.

À l'aube du 3 septembre 1944, un seul train quitte Westerbork. C'est le dernier convoi pour Auschwitz-Birkenau : mille dix-neuf femmes, hommes et enfants dont les huit occupants de l'Annexe, que les SS entassent dans des wagons à bestiaux, soixante-dix par wagon. Ils y resteront trois jours et deux nuits, dans l'obscurité, sans manger ni boire, sans lieu où se soulager. Personne ne sait dans quelle direction le train se dirige, ni combien de temps durera le voyage.

Le 5 septembre, le train s'immobilise.

Il faut imaginer mais nous ne pouvons imaginer les projecteurs aveuglants, les chiens hurlants, les SS qui aboient, comment imaginer ce que c'est d'être séparé en quelques secondes de sa femme, de son mari, de ses enfants, à coups de fouet, à coups de bâton. Nous le savons : les trop jeunes, les trop faibles, les trop âgés sont regroupés.

Le 6 septembre, les nazis poussent tous les enfants de moins de quinze ans dans les chambres à gaz, ainsi que cinq cent quarante-neuf adultes.

Les Frank, les Van Pels et Fritz Pfeffer sont envoyés aux travaux forcés.

Les SS leur ordonnent de se mettre nus, les tondent, les tatouent au bras gauche. Ils n'ont plus de nom, de prénom, mais un matricule. Anne et Margot sont placées dans un baraquement réservé aux prisonnières atteintes de la gale. Entre le 20 et le 28 octobre, plus de six mille personnes, dont mille jeunes de moins de dix-huit ans, sont gazées moins de deux heures après leur arrivée.

Le 28 octobre, mais d'autres sources parlent du 1er novembre 1944, Anne et Margot Frank sont séparées de leur mère. Elles ne la reverront jamais.

On les entasse, encore, dans un wagon à bestiaux.

Aucune des mille trois cents autres femmes ne sait qu'on les transporte au camp allemand de Bergen-Belsen. Certaines meurent pendant le voyage, il durera trois jours et trois nuits.

À l'arrivée, elles doivent marcher six kilomètres.

Le camp est surpeuplé, sans latrines ni éclairage. Partout, des cadavres empilés, couverts de neige, nus. Les vivantes, on les parque dans des tentes bondées. Anne et Margot Frank y héritent de la plus mauvaise place : une couchette exposée au vent glacial.

Les derniers jours des sœurs Frank font l'objet d'un récit morcelé, celui des déportées qui se souviennent de les avoir croisées. Toutes ont raconté la voix d'Anne, la voix de Margot suppliant qu'on ferme la tente, elles ont si froid. Toutes disent qu'on les a entendues mourir, leur voix s'amenuiser.

Anne et Margot Frank aux corps squelettiques, infestées de gale, envahies de poux, se meurent de faim, de froid et du typhus.

Margot succombe la première. On ne connaît pas la date exacte de la mort d'Anne, enregistrée le 31 mars 1945.

Si sa courte vie est documentée jusqu'à l'obsession, sa mort l'a ramenée au destin de toutes les autres victimes de la Shoah : Anne Frank n'a pas de sépulture. Son corps repose quelque part dans une fosse commune, comme celui des cinquante mille morts de Bergen-Belsen. Jusqu'en 1999, il n'y avait aucune stèle à sa mémoire.

Comme elle est aimée, cette jeune fille juive qui n'est plus. La victime de la Shoah la plus célèbre au monde. La victime de la Shoah dont le journal est le plus lu au monde, même s'il en manque la fin.

Peut-être est-ce pour cela qu'elle est tant aimée. Aurait-elle survécu, nous savons ce qu'elle aurait raconté, ce qu'elle aurait écrit : *Westerbork Auschwitz-Birkenau Bergen-Belsen.*

Peut-être n'aurions-nous pas eu autant envie de la lire.

La dernière entrée de son journal est piquée de points de suspension, comme autant de silences, ceux d'une enfant confinée, d'une « prisonnière dans une cage », rappelle Cynthia Ozick.

« Si tous les hommes sont bons, Auschwitz n'a pas existé. »

Bruno Bettelheim, survivant de Dachau et de Buchenwald.

Au lendemain de ma nuit dans l'Annexe, le 19 août, Ronald Leopold a souhaité me présenter Rosetta, dite Ted, elle a quatre-vingt-quinze ans. Elle nous sert un thé, insiste pour que je reprenne un petit gâteau. Ted est vivante, vivace, elle aime la peinture, elle aime les fleurs et s'enthousiasme de sa nouvelle tablette, elle se réjouit d'aller voir une exposition à Paris, cet automne.

Elle avait quinze ans lors de son arrestation. Elle a été déportée à Bergen-Belsen.

Le visage de profil, elle parle comme on s'acquitte d'un devoir. Nous ne pourrons pas dire que nous ne savions pas.

D'un geste de la main, elle place des guillemets dans l'atmosphère.

« À Bergen-Belsen, nos conditions de "vie"... ».

Puis elle s'interrompt. Il faudrait de nouveaux mots pour dire.

Ou alors aucun.

Elle abandonne les mots, ils cèdent la place au souffle de la vieille dame, un souffle heurté.

« Les conditions de... survie... au camp de Bergen-Belsen... c'était... »

(*Souffle*)

Quelques semaines plus tard, elle m'envoie ce mail : « Je pourrais te raconter mille fois l'inhumanité, le cauchemar qu'a été Bergen-Belsen, ça serait inutile. Tu ne parviendrais pas à l'imaginer. Heureusement. »

Ce n'est pas avouer l'impuissance de l'écriture d'avouer qu'on ne peut imaginer, il ne faut pas imaginer, comment prétendre imaginer. Ce verbe-là, « imaginer », n'a pas sa place dans ma nuit. Pourtant, il le faut, même et surtout si on n'y parvient pas. Il faut essayer d'imaginer.

Il est bientôt minuit et je ne suis pas encore entrée dans la chambre d'Anne Frank, pourtant mitoyenne. J'irai plus tard.

Je marche. Je vais d'une pièce à l'autre, comme si je devais me rendre quelque part, mais où ? Je descends et remonte les escaliers, nerveusement énergique, je cherche la fatigue. J'ouvre mon ordinateur, relis mes notes, consulte mes mails. La lampe torche de mon téléphone balaye l'ocre défraîchi du papier peint de la chambre du couple Van Pels, le lavabo à l'émail terni est protégé d'un ruban rouge et blanc.

Je dévale l'escalier dans l'autre sens, je retrouve « ma » chambre, j'en ai déjà tout inspecté, un tout modeste : un livre de Dickens ayant appartenu à Otto, qui tenait à améliorer son anglais, un recueil de prières, celui d'Edith et une copie double corrigée à l'encre rouge – le cours de latin de Margot.

La porte de *sa* chambre est entrouverte. J'aimerais dire que j'y suis entrée, que je m'y suis recueillie, qu'un calme m'a envahie, que j'ai pleuré.

Mais quelque chose est là, diffus, qui m'en empêche et que je ne peux nommer. Je me fustige, agacée que la nuit ait sur moi cet effet, de mettre à mal mon pragmatisme. Ce « quelque chose » n'est ni un fantôme ni une présence. C'est une sensation de trop-plein, comme s'il m'était impossible d'y trouver une place, dans cette chambre.

Je m'attarde quelques secondes sur le pas de la porte. Les images punaisées au mur, dans la pénombre, forment un rébus adolescent : visages d'actrices, reproductions de tableaux célèbres, photos d'enfants découpées dans des magazines féminins, cartes postales.

Otto Frank avait pensé à emporter tous les trésors de sa fille avant d'entrer en captivité : *Grâce à papa [...] j'ai pu enduire tout le mur avec un pinceau et de la colle et faire de la chambre une gigantesque image*, écrit-elle le 11 juillet 1942.

Minuit sonne à l'horloge.

Je me souviens alors de l'exposition consacrée à ces images, dans la partie contemporaine du bâtiment. Encore faudrait-il savoir comment s'y rendre depuis l'Annexe.

Le talkie-walkie crachote quelques mots en néerlandais, puis une voix féminine s'inquiète : il ne fait pas trop froid, là-haut ?

Je ne vais pas me plaindre, quand même, lui dis-je, embarrassée, pas *ici*.

Quelques minutes plus tard, Gladys la vigile apparaît à la porte de l'Annexe et me tend une couverture d'une laine feutrée. Elle me rappelle le règlement : interdit de manger, de boire, de prendre des photos. Ceci étant dit, pour elle, si je fais attention, pas de problème – elle désigne la thermos qui dépasse de mon sac.

Elle pose sur moi un regard empli de commisération : je ne suis pas obligée de faire ça, quand même, pour écrire ? Je la rassure, c'est moi qui ai choisi de venir ici, personne ne m'oblige à rien, tout va bien.

Je ne parviens pas à entrer dans la chambre d'Anne Frank mais ça, je ne le lui dis pas.

Je peux rester un moment ? me demande-t-elle. Assises côte à côte sur le lit de camp, nous faisons connaissance.

Gladys me raconte ce couple de comédiens qui s'apprêtaient à jouer les rôles d'Otto et Anne dans un film. Ils ont demandé l'autorisation de passer la nuit ici, afin de « s'imprégner de l'ambiance ». Mais finalement, ils l'ont appelée vers 1 heure du matin, ils se sentaient mal et ont quitté l'Annexe.

Si tu vas jusqu'au bout de ta nuit, tu seras la seule à l'avoir fait, conclut Gladys, comme si elle m'encourageait à battre un record, mais de quoi ?

Nous chuchotons. C'est drôle, non ? Comme si nous craignions de déranger quelqu'un. Elle a beau travailler au Musée depuis des années, Gladys a parfois encore envie de frapper à la porte de l'Annexe avant d'entrer. C'est un appartement, c'est pour ça, peut-être… ça n'est pas une église, ajoute-t-elle.

Et moi ? Qu'ai-je ressenti, dans la chambre de la jeune fille ? M'y suis-je recueillie ? Certains visiteurs voudraient y laisser des fleurs, comme devant un autel. Ils déposent des peluches, abandonnent leur journal intime…

J'acquiesce, je fais comme si je m'étais rendue dans la chambre ; et d'ailleurs, pourrait-elle me conduire à l'exposition consacrée à ses murs ? La vigile me fait la grâce de ne pas me demander pourquoi je tiens à voir des reproductions agrandies des images originales qui se trouvent à côté de nous, si proches.

Nous parcourons une suite de couloirs, puis, Gladys s'arrête devant une porte d'un beige anodin : par ici, on peut aller et venir entre l'Annexe et le Musée contemporain sans suivre le chemin des visiteurs. C'est un raccourci, un passage secret au cœur d'un secret. Pour retrouver cette porte que rien ne signale, Gladys me conseille de me souvenir d'un détail dans la pièce.

Une vitrine protège deux feuillets officiels rédigés en allemand et un portrait de Margot Frank, au sourire sérieux de jeune fille inquiète. Margot, dont le nom figure sur un des feuillets : c'est une liste que la directrice de son école rédige pour les autorités nazies, le 16 juillet 1941. « J'ai l'honneur de vous présenter la liste des noms d'enfants de sang juif. »

Margot sera celle qui m'indiquera le chemin, la silencieuse aux mots perdus.

Les vastes salles endormies du Musée contemporain m'apaisent. J'y suis à ma place, celle d'une banale visiteuse.

L'exposition s'étale sur plusieurs panneaux. Les cartes postales de la jeune fille sont commentées, je lis les textes d'explication, je note, je prends des photos de photos.

À cet instant de la nuit, je ne suis pas encore consciente qu'il m'est impossible de faire face aux *vraies* cartes postales, dans la *vraie* chambre d'Anne Frank. Je ne vois pas que je leur préfère la fiction d'une exposition ordonnée, d'un récit du réel.

Les enfants ont peur de l'obscurité, de la solitude, des fantômes et des monstres. Au cinéma, ils se couvrent les yeux de la main en entrouvrant les doigts, pour voir un peu de ce qu'ils redoutent.

En grandissant, nous perdons en courage : nous détournons le regard. Nous passons.

Je passe rapidement devant un éventail de portraits d'Anne Frank, une ronde de mimiques.

En mai 1935, elle se prête à l'exercice de mauvaise grâce : boudeuse, elle se détourne de l'objectif, son col Claudine dépasse du gilet de laine. En mai 1937, elle trépigne, elle n'a pas le temps de rester assise, le flou de l'image en témoigne. En mai 1941, sa dernière année de liberté, sa robe à manches ballon la déguise en une fillette qu'elle n'est plus, il y a, dans son visage pâle, l'empreinte d'un lointain.

Mai 1942 : l'image essaye de ne pas raconter l'Histoire, dans l'espoir que *tout ceci* n'en soit qu'un épisode honteux, à oublier. Le cadre se resserre autour d'Anne Frank. Sur cette photo, on n'en voit rien, mais on le sait : la robe de la jeune fille est griffée d'une étoile jaune.

Diane Arbus disait de ses photographies qu'elles étaient « un secret sur un secret », et offraient « la preuve que quelque chose était et n'est plus. Comme une tache. Et leur immobilité est déroutante. On peut leur tourner le dos, mais quand on revient, elles sont toujours là, en train de vous regarder. »

Je tourne le dos aux portraits mais Anne Frank est toujours là, qui me fixe. L'éclairage tamisé du Musée la révèle plus qu'il ne l'éclaire : un pan de mur entier accueille un gros plan de son visage, sans date, ni commentaire.

Le passé n'est qu'un instant du temps, il n'existe pas. Anne Frank ressemble à toutes ces adolescentes qui rougissent brusquement sans qu'on sache pourquoi ; peut-être les gêne-t-on, avec nos questions, nos remarques. Peut-être ne devrait-on pas entrer dans leur chambre.

Je me suis avancée vers elle. Et j'ai vu quelque chose que je n'avais jamais remarqué, un détail, un rien, sans doute. Quelque chose qui n'est pas entré dans l'Histoire, alors qu'on sait tout d'elle.

Sur le velouté des joues d'Anne Frank, de petits points se baladent, ils dessinent un chemin d'enfance.

Anne Frank avait des taches de rousseur.

J'étais si proche d'elle que je ne voyais plus Anne Frank, mais une personne appelée Anne. Je suis restée face à elle, longtemps. Tout était trop grand. Le Musée était trop vaste, la photo trop large, la nuit trop longue, désolée. Elle y était si seule et trop petite, une seule syllabe, Anne.

Anne l'adolescente, tellement adolescente, qui attendait impatiemment, chaque semaine, que Victor, un des protecteurs, lui apporte *Cinéma et Théâtre*, un magazine qui célébrait le spectacle mais aussi le régime nazi.

Une ado tellement ado qui collectionnait des photos d'actrices au teint poudré, aux sourcils redessinés et aux cils démesurés. Une adolescente malingre et trop pâle, condamnée à ne plus jamais voir le soleil, qui punaisait au mur de sa chambre les images d'un monde éblouissant, un monde éclairé sous son meilleur profil et brillant de mille strass. Un monde de corps harmonieux, raffermis à force de massages et de soins, des corps entraînés à l'exploit, comme celui de Sonja Henie, la patineuse.

Sonja règne sur les murs de la chambre d'Anne Frank, elle s'impose, une vierge de glace en tutu blanc, les cheveux retenus d'un bandeau d'hermine. Elle trône, alanguie sur la banquette arrière d'une auto blanche, elle fixe l'objectif, sa robe immaculée s'étale sur le cuir des sièges.

Qu'est-ce qui, en elle, séduisit tant Anne Frank ? Sa précocité ? Cette triple championne olympique a révolutionné le patinage à l'âge de quatorze ans, en choisissant d'évoluer en jupette courte et en patins blancs, en lieu et place des jupes longues de l'époque et des traditionnels patins noirs.

Le savait-elle, Anne Frank, que Sonja Henie fut présentée à Hitler aux Jeux olympiques de 1936 ? Elle en fit tout un spectacle, le saluant avec grâce et humilité – une génuflexion, une révérence – puis, le bras tendu, le corps moulé d'une robe de satin crème, elle s'écria avec force et conviction : « Heil Hitler! ».

Sonja n'aurait sans doute pas apprécié qu'Anne choisisse de la punaiser aux côtés de l'actrice américaine d'origine chinoise Anna May Wong.

Toute sa carrière fut celle d'une éternelle doublure. Elle se heurta à un code cinématographique interdisant les gestes « intimes » entre acteurs d'ethnies différentes. Anna May Wong dut se contenter d'apprendre aux actrices blanches choisies pour interpréter des Asiatiques à tenir correctement leurs baguettes.

Anne Frank offrit à Greta Garbo une place de reine : au-dessus de la patineuse collaborationniste. Garbo, belle comme une femme et aussi désirable qu'un jeune homme, que les producteurs appelaient « la recluse », car elle refusait de se prêter au jeu des soirées de promotion.

Anne Frank colla la photo de Deanna Durbin au-dessus de son lit ; et peut-être même eut-elle le temps, avant d'entrer en clandestinité, de voir un de ses films. Deanna Durbin, la star enfant de comédies optimistes et sucrées, dont plus personne ne se souvient : *Les trois jeunes filles ont grandi*, *Trois jeunes filles à la page*, *Deanna mène l'enquête*.

Deanna, à qui Mussolini écrivit une lettre ouverte, publiée dans *Il Popolo d'Italia*, la suppliant de faire quelque chose, de convaincre Roosevelt : qu'il renonce à entrer en guerre.

Anne raffolait du magazine féminin *Libelle* : elle y découpait des photos vaporeuses de petites filles aux boucles claires vêtues de robes à smocks. Des enfants au teint lacté, jouant au cerceau dans une campagne luxuriante, cette nature qu'Anne ne verrait plus jamais.

Anne Frank affichait dans sa chambre les images-propagande d'un monde blond, triomphalement aryen, dans lequel elle n'était qu'une tache à effacer, qu'un cancer à éradiquer.

Un jour, cette horrible guerre se terminera enfin, un jour nous pourrons être de nouveau des êtres humains comme les autres et non pas simplement des juifs, écrit Anne Frank, le 11 avril 1944.

À ce vœu jamais exaucé, Philip Roth, dans *L'Écrivain des ombres*, répond ceci :

« Une fois par an, les Frank chantaient un inoffensif cantique de Hanukkah, prononçaient deux trois mots d'hébreu, allumaient quelques bougies, échangeaient quelques cadeaux. [...] Il n'en fallait pas plus pour en faire l'ennemi. Moins encore. Et même rien du tout, telle était l'horreur et la vérité. [...] Les Frank pouvaient se réunir autour de la radio pour écouter des concerts de Mozart, Brahms et Beethoven ; ils pouvaient se délasser à la lecture de Goethe, Dickens et Schiller ; elle pouvait chercher soir après soir, dans les arbres généalogiques de toutes les familles royales d'Europe, des prétendants convenables pour la princesse Elizabeth et Margaret Rose ; elle pouvait évoquer avec passion dans son journal un amour pour la reine Wilhelmine et son désir d'avoir la Hollande pour patrie – rien de tout cela n'y faisait, l'Europe ne lui appartenait pas et ils n'appartenaient pas à l'Europe. [...] Au contraire, trois étages au-dessus d'un joli canal d'Amsterdam, ils vivaient entassés dans trente mètres carrés avec les Van Pels, aussi isolés et méprisés que les Juifs d'un ghetto. D'abord l'expulsion, ensuite le confinement, enfin dans des wagons à bestiaux, des camps et des fours crématoires, l'oblitération. Et pourquoi ? Parce que le problème juif à résoudre, les dégénérés dont les êtres civilisés ne pouvaient plus supporter la contamination, c'était eux-mêmes, Otto et Edith Frank, et leurs filles, Margot et Anne. »

J'appuie sans réfléchir sur la touche « appel » du talkie-walkie. Gladys décroche aussitôt : ma visite est terminée ?

Dans la pièce du contrôle vidéo, je suis une silhouette floue, au visage calme et sans larmes, vêtue d'une jupe noire et d'une chemise blanche, plantée devant un mur d'images.

Je ne sais plus quelle question je lui ai posée, sans doute Gladys a-t-elle compris qu'il ne s'agissait que d'un prétexte pour entendre une voix au milieu de ces silences.

Nous avons parlé de Jésus, ce jeune homme aux yeux clos agonisant dans les bras de sa mère : une reproduction de la *Pietà* de Michel-Ange, qu'Anne Frank a découpée dans *L'Histoire de l'art*, de Springer, offert par son père le jour de son anniversaire. Nous avons parlé d'Otto Frank, qui, à son retour d'Auschwitz, passa de longues heures dans la chambre de sa fille, essayant de découper, sans l'abîmer, la constellation d'actrices. Pour la garder auprès de lui, la protéger. Qu'on ne touche pas aux rêveries de sa fille.

Nous avons parlé de Michelle Obama, de la délicatesse du message qu'elle a laissé dans le livre d'or. Gladys m'a raconté que la reine Beatrix, chaque année, se recueillait dans la chambre, comme, avant elle, Juliana l'avait fait.

Anne aurait été ébahie, elle aurait été tellement contente que des reines visitent sa chambre, c'est idiot, mais j'y pense à chaque fois qu'un membre de la famille royale vient, a murmuré Gladys.

La vigile m'a souhaité une bonne nuit, elle laisserait bientôt la place à quelqu'un d'autre. Et moi ? m'a-t-elle demandé. Quel était mon programme ?

Le son des vidéos dans la salle suivante est désactivé ; deux écrans projettent en boucle des documentaires deux visages cadrés en plan moyen parlent sans un bruit, sous-titrés en anglais.

Otto Frank, les cheveux blanchis, vêtu d'un costume sombre, s'entretient avec un journaliste, dans les années 1970. Il raconte l'irruption de la Gestapo dans l'Annexe, le 4 août 1944. Il raconte les nazis à la recherche de bijoux, d'argent, qui fouillent l'armoire de l'entrée : les feuilles volantes et les cahiers d'Anne s'éparpillent sur le sol. Les sous-titres défilent sous le visage d'Otto Frank, quand il baisse les yeux, c'est comme s'il les lisait en même temps que moi.

Quand Miep est revenue dans l'Annexe vide, elle a ramassé toutes les feuilles, les cahiers d'Anne. Elle ne les a pas lus. Elle voulait les donner à Anne, à son retour. Cela n'a pas été… possible.

À la droite d'Otto Frank, une femme septuagénaire en manteau noir arpente un paysage hivernal, une plaine d'arbres désolés : ce qu'il reste de Bergen-Belsen. L'herbe rase recouvre un charnier de plus de dix mille corps.

Hannah Goslar a été arrêtée à l'âge de quinze ans, en 1943, un an avant son amie Anne. Toutes deux se sont rencontrées à l'école primaire, elles habitaient dans le même quartier, à Merwedeplein. Anne faisait s'esclaffer les élèves de sa classe en se déboîtant l'épaule, telle une contorsionniste miniature. Anne trop bavarde qui ne supportait pas d'être contredite. Anne dont la mère de Hannah disait : « Dieu sait tout mais Anne sait tout sur tout. »

Hannah Goslar s'immobilise au centre de l'écran, le visage figé :

« En novembre 1944, j'ai entendu dire qu'Anne était enfermée dans le même camp que moi. J'ai passé le mot à des prisonnières, j'ai dit que je l'attendrais à la nuit tombée, près des barbelés. En plein jour, les Allemands nous auraient abattues s'ils nous avaient surprises à cet endroit. Elle s'est avancée, je ne l'ai pas reconnue. Je lui ai dit mais qu'est-ce que tu fais là ? Je croyais que tu étais en Suisse. C'était atroce. Elle était... ».

Alors, l'image et les sous-titres anglais paraissent se désolidariser : Hannah sourit comme si la rage et la douleur s'étaient éteintes à force de désespoir, au bout du chagrin, que reste-t-il, rien, rien qui ait du sens, alors elle sourit, tandis qu'en bas de l'écran ses mots défilent de façon mécanique :

« ... squelettique, sans plus de cheveux, aux yeux immenses, j'avais peur qu'on se fasse tirer dessus : on n'avait pas le droit d'être près des barbelés. Anne répétait maman est morte j'en suis certaine et Margot est tellement malade, elle va mourir et papa est sûrement mort
il était trop vieux   je suis seule au monde   I'm all alone   je n'ai plus personne

J'y pense tout le temps   si Anne avait su
que son père était vivant
elle se serait accrochée peut-être   on ne
sait jamais   n'est-ce pas ? Si Anne avait
su que son père était vivant   elle aurait
survécu ?
Je pense à ceci sans arrêt   si elle avait
su   si seulement elle avait su
Peut être aurait-elle   vous savez,
c'était   il restait un mois à tenir
Elle n'avait rien à quoi s'accrocher elle est morte
un mois avant la Libération
Si seulement   mais elle n'a
pas su. »

Je tourne le dos à Hannah et quitte la salle, la hâte de mes pas précipités me fait honte, les caméras de surveillance témoignent-elles de ma fuite ? Le vigile moque-t-il mon manque de courage ? Je pousse une porte, elle s'ouvre sur une petite pièce vide, sauf pour une vitrine, qui protège un jeu d'enfant : les billes qu'Anne a offertes à sa voisine juste avant d'entrer en clandestinité, elles n'étaient pas *essentielles*.

Elles sont rose parme, corail, elles sont jaune ocre et vert de jade, elles ont toutes les nuances d'un jeu interrompu.

Une des billes, bleu anthracite, semble avoir échappé à l'usure ; une lueur diffuse s'y reflète encore et donne envie de s'en saisir, de la protéger.

Je me suis approchée, j'ai posé la main sur la vitre. Je ne savais pas prier.

Je quitte les jeux abandonnés, les actrices et les panneaux explicatifs du Musée pour retrouver le vide de l'Annexe. Il est 2 heures passées. À 7 heures, je partirai ; mais je ne peux pas m'en aller sans m'être rendue dans la chambre de la jeune fille.

Pourquoi n'y vais-je pas, que fais-je, cette nuit, dans la « maison-prison » de celle qui n'y est plus ? Peut-être ma mère a-t-elle raison, qui m'a conseillé de prévoir ce cachet de Lexomil dans ma trousse de toilette. Peut-être 1,5 mg de benzodiazépine résoudrait-il mes questionnements.

Lexomil et Temesta, compagnons de route de mes grands-parents, comme de tout leur entourage, ces immigrés juifs russes, polonais, roumains.

On prend quotidiennement son cachet avant de dormir, même si aucun médecin ne l'a prescrit, on en propose aux amis dès qu'ils font montre de tristesse, comme on leur offrirait un chocolat.

L'exil – perdre racine – est un mal dont les symptômes me sont familiers. Je ne peux en témoigner à la façon d'une sociologue ou d'une psychiatre, mais comme petite-fille d'exilés. Je sais les désordres de ceux qui ont dû se défaire de leur prénom, de leur langue, de leur pays, de leur maison, de leurs parents, de leurs désirs. Les survivants et les exilés ne sont pas des héros. Ce sont des épuisés qui font *comme si.* Ils sont tels qu'Elie Wiesel les a écrits dans *Le Jour :*

« Ils ressemblent aux autres. Ils mangent, ils rient, ils aiment. [...] Mais ce n'est pas vrai : ils jouent, parfois même sans le savoir. Quiconque a vu ce qu'ils ont vu ne peut pas être comme les autres. [...] Un ressort s'est cassé en eux sous l'effet du choc. »

Ce sont des parents follement inquiets à l'idée de ne pas parvenir à protéger leurs enfants. Ce sont des parents qui les somment de ne pas se faire remarquer, qui leur inculquent l'art de disparaître, de se fondre dans le paysage.

Ce sont des grands-parents follement fiers de la plus minuscule réussite de leurs petits-enfants, de tout ce qui confirmera l'appartenance au pays d'accueil. Des grands-parents qui, lorsqu'on leur récite une banale poésie française en sixième, ont les larmes aux yeux.

L'été de mes quinze ans, je voulus m'essayer à l'écriture de portraits, un nouvel exercice, je tenais mon journal depuis l'âge de huit ans.

Mon grand-père se soumit gentiment à mes questions.

Sa date de naissance ? Autour de 1906. Il n'en était pas certain, on ne tenait pas de registres précis à Retchytsa, sa ville natale, en Biélorussie.

La date à laquelle sa famille avait dû fuir les pogroms russes pour la Pologne ? Peut-être autour de 1920, il était adolescent. Le quartier-ghetto, dans lequel ils s'étaient installés à Varsovie ? Et ses sœurs ? Était-il vrai que l'une d'elles était dentiste, qu'elles avaient toutes fait des études, en dépit du numerus clausus que les Polonais imposaient aux juifs ?

Il ne savait pas. Il n'avait plus envie d'y penser. Tout cela était sans intérêt. Du passé.

Les pages, dans mon cahier, ne se remplissaient pas, un brouillon hasardeux de courtes phrases et de points d'interrogation.

L'homme que je renonçais à questionner était l'homme du recommencement, du début. Un être d'espoirs, qui avait cru, chaque fois, à la possibilité d'une existence ordinaire.

Il chantonnait en toutes circonstances. Quand il lavait la vaisselle, quand il rangeait son bureau, au volant de sa voiture, au moment d'aller se coucher.

Parfois, il me semblait qu'il chantait comme ces enfants qui veulent se donner du courage : un petit garçon de Retchytsa craignant à chaque instant, dans la rue, à l'école, d'être hélé, capturé, déporté. Un orphelin qui chantait fort, à l'orée d'une forêt trop sombre, cette forêt qu'il choisissait comme décor des histoires qu'il me racontait, dont le héros ne parvenait jamais à s'échapper.

Parfois, il me semblait qu'il chantait pour que persiste une voix dans l'obscurité.

Il y était si seul. Sans elles. Les rares fois où sa voix s'étranglait, où il ne fredonnait plus, ses yeux s'embuaient ; il répétait leurs prénoms, une litanie, une prière, mais à qui ? Personne ne l'avait entendue, sa prière :

Sonia Bronia Olga Chava.

Ce refrain résonnait dans le vide, de petites syllabes qui se faisaient écho. Il n'avait plus aucune photo d'elles. Ses sœurs, des jeunes filles indépendantes, s'étaient acharnées à faire leurs études à Varsovie, en dépit de l'obligation faite aux juifs de s'asseoir loin des autres, dans les amphithéâtres, sur des bancs désignés.

Des jeunes filles mortes dans un wagon à bestiaux, celui qui les conduisait au camp d'Auschwitz.

Sonia Bronia Olga Chava.

Comme Otto Frank, mon grand-père a été victime de la « foi tragique » qu'il avait placée dans un pays d'accueil, persuadé que, s'il s'en donnait la peine, il y serait respecté, protégé. Un pays que son père lui avait tellement vanté, celui de la Déclaration des droits de l'homme et de Victor Hugo : la France. Il y arriva autour de 1933.

Il n'y fut rien qu'un immigré de peu, rien d'autre qu'un pourchassé forcé de tout quitter, encore, d'abandonner les rares biens qu'il possédait, de fuir Paris pour se cacher. Vivre en France se transforma en survivre à la France : l'administration française somma les juifs de porter l'étoile jaune en 1942. Si mon grand-père était fier de raconter qu'il avait immédiatement compris qu'il ne fallait pas l'accepter, jamais il n'évoquait ceux qui avaient voté cette loi antijuive.

Jamais il ne fit mention d'une quelconque responsabilité française.

Mes grands-parents ont survécu en faisant comme si la France avait vraiment été une terre d'accueil. Ils ont fait de l'oubli un savoir. Ils ont prêté allégeance à l'amnésie. Le quotidien demeurait pour eux un espace hostile, dans lequel ils redoutaient de mal faire, d'être montrés du doigt, d'être traités « comme des étrangers ». Ils n'ont connu aucune sérénité.

Sauf ces dimanches après-midi où ils se retrouvaient avec ces autres qui leur ressemblaient : leurs amis polonais, russes, roumains, tous membres de la même association juive, laïque et communiste.

Là, le temps de quelques heures, ils quittaient le français comme on se défait d'un habit trop étroit. Ils parlaient yiddish ou hébreu, pour certains ils se connaissaient « d'avant », ils venaient du même village russe ou polonais.

Ils reprenaient de l'assurance. Ils n'étaient plus ces gens venus d'ailleurs. Ils parlaient avec animation, commentant la dernière apparition télévisée de Georges Marchais, s'émerveillant de la culture musicale, théâtrale, de tel ou tel conférencier invité. Ils s'échangeaient des articles de journaux, chantaient, partageaient un thé brûlant ou un verre de vodka, des strudels et des gâteaux au pavot.

Le lundi matin, ils redevenaient des étrangers à l'accent prononcé, choisissaient leurs mots avec attention, le soin de ceux qui n'ont pas les mots du pays dans lequel ils vivent.

Être français était une tâche de tous les jours, de chaque instant ; leur nuit, elle, échappait à ce devoir, par la grâce d'un petit cachet blanc.

Les chanteurs qui reprennent la chanson d'un autre lui rendent hommage ; mais, aussi, ils caressent l'espoir de faire mieux que l'original.

Nous nous approchons du micro, persuadés que notre voix sera plus juste, que nous interpréterons notre existence autrement que celles et ceux qui nous ont précédés.

Helen Epstein, dans son essai *Le Traumatisme en héritage*, a rencontré les enfants et les petits-enfants de survivants de la Shoah. Des enfants à qui leurs parents n'ont rien raconté, des enfants pourtant hantés par un passé qui n'est pas le leur.

Quand l'arbre généalogique a été arraché, la naissance d'un enfant revêt une importance particulière : le nouveau-né devient une preuve de survie. Il ne pourra se contenter d'exister. Il héritera d'un devoir : celui de vivre plus fort, pour et à la place des disparus.

Comme il est lourd, ce cadeau. On tente de composer sa vie, on pense avoir trouvé sa voix. En arrière-fond, une mélodie persiste, qu'on connaît sans jamais l'avoir apprise. Tout se mélange. Des vies interrompues se mettent en travers de la nôtre. On est l'obligée de celles et ceux qui n'ont pas eu droit à une suite, on est leur très obligée. Leur ombre est écrasante, leur mort exige qu'on y réponde. Mais comment ?

« J'étais rebutée par l'insouciance des classes moyennes parmi lesquelles je vivais », écrit Helen Epstein quand elle évoque son adolescence.

« Je méprisais ces camarades qui pouvaient passer une journée entière à ne rien faire [...]. Au lycée, la plupart de mes amis rêvaient d'un beau mariage, d'une belle carrière. Je rêvais de nouvelles façons de souffrir, d'affronter, de sentir et de vaincre la douleur. J'avais le sentiment que les gens qui n'avaient jamais été victimes de rien n'étaient pas tout à fait humains. Mépris pour les gens trop satisfaits de leur vie sans problèmes. »

Entre l'âge de treize et vingt ans, j'ai contraint mon corps à la survie. J'ai été atteinte de ce mal, en proie à une faim insatiable d'épreuves.

L'anorexie est un monologue. Qui dit que quelque chose nous dévore, qu'on brûle du désir de vivre. L'anorexie, je crois, est une promesse de fidélité faite à des absents. L'anorexie est, je crois, la langue que parlent celles qui héritent de récits silencieux.

On sera tout entière dans l'abnégation, avide de souffrances tangibles. On s'imposera une très rude discipline quotidienne de privations et d'exercices. On ne cédera à rien, pas même à ses besoins physiologiques. On chérira la faim, le vide ; les douleurs musculaires et migraineuses seront autant de preuves de vaillance.

On sera en quête d'excellence, d'exceptionnel, tout en sachant que jamais on ne sera à la hauteur de ceux qui nous ont précédée, de leur courage, de leur héroïsme, de leurs chagrins, de leur ravage.

Alors, on s'acharnera à être insauvable. On sera conduite de psychologues en psychologues qui chercheront la cause de cette maladie, qui décréteront qu'on refuse d'être une femme, qu'on refuse de grandir, qu'on refuse d'être vivante. On leur opposera le mutisme. Parce qu'on ne pourra pas dire qu'au contraire, en frôlant la mort, on clame qu'on l'a vaincue.

« Pourquoi suis-je si profondément convaincue que ces filles qui se laissent mourir ont une raison commune et secrète, qu'elles cherchent à savoir où est la vie et où est la mort, à cause de quelque chose qu'il fallait leur dire, qu'on n'a pas pu leur dire, quelque chose qui leur fait peur », écrit Geneviève Brisac dans le roman *Petite*.

Ce « quelque chose » que les survivants n'ont pas pu leur raconter, leurs enfants et leurs petits-enfants l'ont entendu.

L'anorexie est l'expérience d'une solitude absolue, d'un vertige. L'abîme, on s'y réfugie, on s'y enferme. On se heurte à tous ses angles, sans bruit, sans mots.

Ceux et celles qui l'ont peuplée, ma solitude, sont écrivains ou musiciens, des exilés, des apatrides. Je me suis nourrie de leurs quêtes.

J'ai une affection particulière pour ceux qui ne se réclament d'aucun pays, qui ne célèbrent aucune terre. Leur écriture déracinée s'ancre dans la nuit, une nuit plus vaste que n'importe quel paysage. Ils tournoient entre les identités, c'est ce qui me les rend chers. Nous les suivons au gré de leurs errances et ça n'est plus si grave d'être perdus, ensemble.

Sortir de l'Annexe est un choix dont je dispose, je n'y suis pas enfermée.

Être juive est un choix dont j'ai imaginé que je disposais, d'une façon lâche et naïve ; dès l'enfance, j'ai été témoin de phrases antisémites. Mais elles ne m'étaient pas directement adressées. Ceux qui les proféraient se sentaient en sécurité avec moi : ils ne pensaient pas que j'étais juive.

Sans doute étais-je loin de correspondre à l'idée qu'ils se faisaient des juifs. Sans doute étais-je trop blonde, trop pâle, le nom de famille de mon père, Lafon, les induisait en erreur, qui faisait écran au nom étranger de ma mère.

« Juive, toi ? Mais tu n'as pas l'air » est le *compliment* qui a très souvent accueilli la révélation de ma judéité. Je n'avais pas l'air.

Et j'ai parfois laissé dire.

Ne pas avoir l'air a été la tâche à laquelle se sont employés mes grands-parents, ainsi que ma mère, comme n'importe quels immigrés.

Travailler à se faire invisible. Donner à ses enfants les noms du calendrier chrétien, n'être coupable d'aucun signe « ostentatoire ». S'appliquer à être une « bonne juive » comme on parle de « bons musulmans » : faire honneur au pâté de porc, fêter Noël, rire aux blagues antisémites ou du moins ne pas s'en offusquer. Ne pas trop parler de la Shoah. Passer à *autre chose.*

Otto Frank pratiquait une judaïté discrète, qui ne gênait pas la bourgeoisie allemande, dont il était. Il s'attachait à se montrer patriote et exemplaire ; après guerre, il ne dérogea pas à son éducation : sa fille pouvait bien se réjouir dans son *Journal*, le 21 juillet 1944, de la tentative d'assassinat d'Hitler, elle pouvait bien écrire, en octobre 1942 qu'il n'y avait pas plus grande hostilité au monde qu'entre Allemands et juifs, Otto Frank, lui, préféra dire, en 1969, qu'il ne fallait pas « se flageller » au nom du passé.

Otto Frank accepta que des scénaristes suppriment des passages dans lesquels sa fille confiait sa terreur des nazis qui paradaient dans Amsterdam et d'autres dans lesquels elle évoquait son attachement à sa judaïté. Peut-être le survivant d'Auschwitz ne pouvait-il supporter de comprendre que sa fille *savait* ce qui les attendait. Peut-être le survivant avait-il peur, aussi. Le passé était si proche.

Quelle triste ironie que ce désir forcené d'assimilation soit aujourd'hui au cœur des obsessions conspirationnistes.

Il est suspect, celui qui n'a « pas l'air » de ce qu'il est. Au moins, l'étranger qui arbore sa différence dit qu'il n'est pas des nôtres. Tandis que celui qui nous ressemble… Comment le distinguer ? La dissimulation n'est-elle pas le signe du complot ?

Le 11 janvier 2015, je retrouve quelques amis. Nous sommes sonnés, il nous est impossible de parler d'autre chose que des attentats. La rédaction de *Charlie Hebdo* et maintenant la tuerie dans l'épicerie Hyper Cacher.

Oui… mais… ça, ça n'est pas *pareil*, lâche une jeune femme. Elle dira, ce jour, qu'abattre des hommes et des femmes parce qu'ils sont juifs est *différent*, sans jamais finir sa phrase.

Ce jour-là, cette femme de gauche a parlé comme un homme de droite : Raymond Barre, alors Premier ministre, qui, après l'attentat de la rue Copernic le 3 octobre 1980, déclara ceci : « Cet attentat odieux qui voulait frapper les israélites qui se rendaient à la synagogue et qui a frappé des Français innocents, qui traversaient la rue Copernic. »

À l'instar du slogan féministe – un sexiste de droite est semblable à un sexiste de gauche –, un antisémite de droite s'apparente à un antisémite de gauche : pour les deux, les juifs ne sont *pas pareils.* Aujourd'hui encore, un Français sur quatre est persuadé qu'il existe un « réseau juif ».

L'engouement mondial pour les séries télévisées mettant en scène des juifs religieux ultrarigoristes, de *Shtisel* à *Unorthodox*, interroge. Peut-être les aime-t-on, ceux-là, parce qu'ils sont absolument étrangers, bien visibles : des fanatiques dont on peut rire ou alors se défier.

Mes grands-parents parlaient russe, polonais, hébreu, yiddish et français. Ils étaient laïcs et communistes, ne fêtaient aucune fête juive. Ils s'imaginaient français.

C'était avec un plaisir émerveillé, une déférence d'invités qu'ils faisaient l'apologie du pays des droits de l'homme et citaient Jaurès.

Je me souviens de leur sidération après l'annonce de l'attentat qui frappa la rue des Rosiers. Je suis heureuse que tous deux soient morts avant de savoir le martyre d'Ilan Halimi, l'assassinat des enfants de l'école Ozar Hatorah et celui des hommes venus faire leurs courses à l'Hyper Cacher.

L'aube doit s'être levée sur Amsterdam mais je n'en vois rien, toutes les fenêtres de l'Annexe sont recouvertes d'un tissu opaque, comme c'était le cas en 1944.

Dans moins de trois heures, des centaines de personnes feront la queue pour entrer dans l'Annexe. Dans moins de deux heures, je sortirai du Musée, je me perdrai dans cette ville sans désir de retrouver mon chemin, je marcherai longtemps, je pleurerai comme lorsqu'on est enfant et que les larmes entraînent plus de larmes encore, une femme m'abordera pour me demander si tout va bien et je serai incapable de lui répondre, je finirai par regagner l'hôtel et, ivre de fatigue, je chercherai en vain la clé de ma chambre dans mon sac, j'en renverserai le contenu sur le sol marmoréen de la réception, sous les yeux impassibles d'un jeune employé.

Alors, je bafouillerai ceci, en guise d'explication : j'ai passé la nuit chez Anne Frank.

L'aube est salie d'une pluie battante, elle gifle les fenêtres de l'Annexe. Une pluie d'été qui invite au-dehors, une pluie qui rompt le silence. Elle ruisselle sur le vasistas du grenier. L'escalier qui y conduit est d'une raideur quasiment verticale. Je m'y appuie, je me penche pour voir à quoi ressemble la seule pièce de l'Annexe à laquelle on ne peut accéder.

En se tenant de biais, on l'aperçoit, ce minuscule carré de lumière, la seule fenêtre, l'unique ouverture de l'Annexe sur un ciel proscrit.

En se tenant de biais, on voit ce que la jeune fille a vu : *le bleu magnifique du ciel, le marronnier dénudé aux branches duquel scintillaient de petites gouttes, [...] le soir obscur et pluvieux, l'orage, la course des nuages.*

Le palier est aménagé en chambre à coucher, celle de Peter, dont Anne Frank tombe brièvement amoureuse.

Elle lui offre des cartes postales pour décorer les murs de sa chambre. Quand elle lui en propose de nouvelles, il refuse : ces cartes, il les regarde tous les jours, « elles sont devenues ses amies ».

Lorsqu'il a fallu fuir leur appartement et rentrer en clandestinité, son père a sommé Peter, lui aussi, de ne prendre que l'essentiel. Le jeune homme a insisté pour garder son vélo. Parce qu'un jour, *après*, il irait se promener le long de l'Amstel, avec ou sans Anne.

Ce vélo, Peter s'est ingénié à lui trouver une place, dans son semblant de chambre ; il l'a suspendu au plafond.

Peter van Pels est mort entre le 11 avril et le 5 mai 1945, dans le camp de Mauthausen, quelques jours avant sa libération par les Anglais.

Je me suis assise au cœur du vide, face à l'optimisme déchirant d'un garçon de dix-sept ans. Puis, j'ai refait le tour de l'Annexe et, une fois encore, face à la porte de *sa* chambre, j'ai hésité, reculé et j'ai repris l'escalier qui menait au bureau d'Otto Frank.

Quelques années après la parution du *Journal* aux Pays-Bas, des lecteurs bouleversés commencent à se rassembler devant la porte du 263 Prinsengracht. Ils voudraient voir *la* chambre.

Cet intérêt imprévu prend Otto Frank et les employés d'Opekta de court ; l'Annexe est vide, personne n'y met jamais les pieds, il n'y a rien à visiter. Seuls leurs bureaux et l'entrepôt dans lequel ils rangent les épices, les conserves de fruits sont accessibles.

Que faire de ceux et celles, toujours plus nombreux, qui, parfois, laissent un bouquet de fleurs, un petit mot, sur le pas de la porte ?

Otto Frank consent à laisser entrer dans l'Annexe quelques personnes, il demande simplement qu'elles prennent rendez-vous. Ces premiers visiteurs le savent-ils, que, juste à côté, dans son bureau, le père d'Anne est là, qui les entend chuchoter, qui les entend sangloter ?

Mister Frank le survivant, que des négationnistes ont accusé d'avoir *inventé* sa fille.

J'ai choisi de ne pas écrire leurs noms ici : leur identité est interchangeable. Ce sont d'abord d'anciens chefs des Jeunesses hitlériennes, puis des pamphlétaires d'extrême droite, des conspirationnistes, des négationnistes. Ils se succèdent et se répondent au travers des décennies. Le sujet les obsède, ils y consacrent des livres, des tribunes, ils se répandent en commentaires sur chacune des pages Internet consacrées à la jeune fille. Mais si je n'écris pas leurs noms, il me faut dire leur acharnement à effacer Anne Frank. La gamine d'Amsterdam leur est insupportable, dont le récit est la preuve qu'on *savait*, celle qui nous interdit de prétendre qu'on ne savait pas.

Le 9 octobre 1942, Anne Frank écrit : *Nos nombreux amis et connaissances juifs sont emmenés par groupes entiers. [...] On les transporte à Westerbork dans des wagons à bestiaux. [...] Nous supposons que la plupart se font massacrer. La radio anglaise parle d'asphyxie par le gaz.*

Ils s'acharnent, les négationnistes, mais montrent peu de rigueur : pour la plupart, ils n'ont pas même fait l'effort de lire le *Journal* en entier.

Impossible, dit l'un, que les clandestins aient passé l'aspirateur. On les aurait entendus. Les clandestins font le ménage quand le bâtiment est vide, entre midi et 13 heures, ou le dimanche, écrit Anne Frank.

Là, clame triomphalement un autre, des mots écrits au stylo-bille, lequel était inusité en 1944 ! Cette « preuve » est aussi fausse que les précédentes. Les quelques phrases au stylo-bille sont rédigées sur des languettes de papier, insérées dans le manuscrit : ce sont les notes de travail d'une des graphologues ayant examiné l'authenticité du texte dans les années 1960. Elle en a témoigné.

En 1959, lors d'une représentation de la pièce en Autriche, de jeunes néonazis interrompent le spectacle et distribuent un tract aux spectateurs : « Ceci est une supercherie. Anne Frank n'a jamais existé. Les juifs ont tout inventé afin de gagner plus d'argent. Ne croyez pas un mot de tout cela, c'est une pure invention. »

Simon Wiesenthal, « chasseur de nazis », décide alors de se mettre à la recherche de l'officier qui a arrêté les Frank, dans l'espoir de le faire témoigner : cela mettra fin aux attaques des négationnistes.

Il le retrouve en 1963. Devenu inspecteur de la police criminelle de Vienne, Silberbauer se souvient très bien de l'Annexe et d'avoir été sidéré que huit personnes aient réussi à y vivre deux années durant. Silberbauer reconnaît Anne sur une photo qui lui est présentée, ainsi qu'Otto Frank. Il se souvient de l'insigne allemand de ce dernier, honorant sa bravoure au combat, « pour un juif, c'était remarquable ».

L'enquête vaut à Silberbauer d'être momentanément suspendu de ses fonctions. Lors de l'interrogatoire, il se lamente : il vient d'acheter de nouveaux meubles qu'il n'a pas fini de payer. S'il n'a plus de travail, comment va-t-il faire ? Il s'offusque : c'est incroyable d'être questionné sur cette affaire, cette action faisait partie de sa mission. À part cela, conclut-il, je n'ai rien à déclarer.

La justice autrichienne jugera qu'il n'y a pas matière à poursuites ; le SS a effectué son travail en arrêtant les Frank et en les envoyant au camp de Westerbork.

Silberbauer restera à son poste.

Les pseudo-preuves de l'inexistence d'Anne Frank ont été démenties par nombre d'historiens, de graphologues et autres spécialistes. Mais je le sais, nous le savons, rien n'y fera. Le propre du conspirationnisme est de voir dans tout argument une confirmation de conspiration. Aucun témoignage, aucune expertise, qu'elle soit scientifique, historique, ne permettra de mettre fin à ces réécritures de l'Histoire.

Otto Frank s'est battu jusqu'à sa mort contre chacune de ces attaques. Il a intenté des actions en justice, il a accepté de soumettre le *Journal* à des experts en 1959, en 1961, en 1980. Miep Gies a déclaré sur l'honneur qu'elle avait bien vu Anne écrire son journal, celui-là même qu'elle avait gardé au secret d'un tiroir.

L'institut médico-légal, le laboratoire judiciaire du ministère néerlandais de la Justice, a passé les cahiers au crible. Tout a été examiné : le papier, la colle, l'encre, les cartes postales collées au mur. L'écriture de la jeune fille a été analysée dans le moindre détail, une graphologue, Dr Mina Becker, y a même décelé des traces de dégradation physique, conséquence d'un manque d'activité et d'air frais. Un document de sept cent dix-neuf pages a confirmé l'authenticité du *Journal.*

Je ne peux m'empêcher de penser que, peut-être, Anne Frank aurait souri de lire qu'un négationniste affirma, comme preuve ultime de falsification, qu'aucune jeune fille de quinze ans n'aurait été capable de *penser* et encore moins d'écrire ce qu'il avait lu dans le *Journal* : c'était bien trop intelligent et irrévérencieux, pour une gamine.

L'irrévérence des jeunes filles devrait être l'objet de toutes nos attentions, elle devrait être archivée et transmise. Il faudrait les chérir, ces trop courtes années durant lesquelles les jeunes filles ignorent la prudence, le respect et le remords.

Elles mentent avec métier et sans état d'âme, mangent avec les doigts, grimpent sur des toits et, bras dessus bras dessous, elles prennent toute la place sur les trottoirs. Leur seule peur est de nous ressembler. De devenir ces êtres à bout de souffle qui se plaignent qu'elles « ne manquent pas d'air ».

Les parents aiment à raconter les mots d'enfants de leurs tout-petits ; ils s'émeuvent de leur fantaisie, de leur drôlerie. L'adolescence à venir, elle, est redoutée à la façon d'une maladie, d'une comète menaçant le paysage, dévastatrice.

Comme nous la craignons, l'extralucidité adolescente, ce regard de « voyant » qui met à nu nos compromis.

Relire son journal intime, c'est se confronter à l'adolescente qu'on a été. Lui ferait-on honte, ou de la peine ? A-t-on baissé les bras ? Est-on devenue sage, trop sage, par manque de courage ?

Il faudrait relire régulièrement son journal pour rester à la hauteur de son adolescence.

Quelle adulte serait-elle devenue, Anne Frank, qui se jurait de ne pas devenir aussi « insignifiante » que sa mère, qui se disait « en extase » devant les corps nus des femmes, ce qui lui vaut, encore aujourd'hui, d'être censurée par des chrétiens fondamentalistes aux États-Unis. Une irrévérente qui défendait l'importance, pour elle, de son écriture, et que Fritz Pfeffer traita d'« égoïste » lorsqu'elle exigea qu'ils partagent équitablement la petite table de leur chambre commune. *Je m'en vais lui donner un de ces coups sur la tronche, il ira valser contre le mur avec tous ses mensonges*, conclut-elle après une dispute.

S'il existait un musée de la jeune fille irrévérente, Anne Frank, qui se dépeignait en *petite chèvre turbulente qui a arraché ses liens*, en serait la marraine.

Sans doute étais-je ivre de sommeil mais, vers 5 heures du matin, j'ai entrepris de rédiger une liste de celles que j'aimerais voir honorées dans ce musée imaginaire. J'avais fait le tour de l'Annexe plusieurs fois déjà, je n'avais plus nulle part où me rendre sauf dans cette pièce qui se refusait à moi.

Je me suis assise sur le linoléum d'un couloir, je n'avais aucune idée d'où il menait mais je pouvais au moins y recharger mon ordinateur sans craindre de me servir d'une prise d'époque.

« Jeune fille » étant un état d'esprit qui n'a rien à voir avec le nombre d'années passées sur Terre, il faudrait faire une place, dans ce musée, à Laureen Nussbaum, quatre-vingt-quinze ans.

Lors de notre rencontre virtuelle, Laureen m'a renvoyée à mes préjugés avec la fougue d'une gamine. Quand je lui ai demandé si Otto Frank avait censuré les passages du *Journal* dans lesquels Anne Frank s'interrogeait sur sa sexualité, elle m'a coupé la parole d'un sonore *NONSENSE* qu'on peut traduire par le très adolescent : N'IMPORTE QUOI !

À Virginia Woolf, il faudrait dédier tout un étage. Il serait impossible de ne pas célébrer Nina

Simone. Et j'aimerais y voir ma mère et toutes celles qui, comme elle, ignorent qu'elles le sont, irrévérentes, qu'elles l'ont été, en secret, parfois.

Après ce début de liste, j'ai songé au bâtiment qui abriterait ce musée. Il faudrait qu'il soit anodin, qu'il laisse l'irrévérence nous frapper de plein fouet. Un palais l'écraserait, l'irrévérence y serait encadrée de trop de morgue.

Si le faste de certains musées annonce la splendeur des œuvres qu'ils protègent, d'autres sont plus facétieux, ils élisent domicile là où on les attend le moins.

À Bucarest, par exemple, le musée national d'Art contemporain est situé au dernier étage de ce qui fut le palais de Ceaușescu et qui est, aujourd'hui, le siège du Parlement.

Ce musée accueille les travaux d'artistes nés, pour la plupart, après la chute du régime communiste.

En 2010, j'ai eu l'occasion d'y découvrir un tableau que le musée avait choisi de ne pas exposer. Je visitais une exposition avec une amie bucarestoise, quand celle-ci me proposa de découvrir cette œuvre cachée.

Après s'être assurée que les gardiens ne nous prêtaient pas attention, mon amie m'a fait signe de la suivre discrètement. Elle connaissait le chemin, elle était déjà venue trois fois, elle ne s'en lassait pas...

Au bout d'un long couloir, une porte banale : c'était ici. La lampe torche de son téléphone a révélé le foutoir d'un débarras. On y avait entreposé des meubles vétustes, des tapis poussiéreux et un immense tableau, il gisait face au mur.

Il nous fallut plusieurs tentatives pour parvenir à le déplacer. Comme si être abandonné dans un cagibi n'était pas une disgrâce suffisante, il était aussi à l'envers. Je n'ai pas tout de suite reconnu Nicolae Ceauşescu. Le peintre l'avait considérablement embelli et aminci, il avait le teint frais, les cheveux brillants et la taille cintrée dans un costume gris. Autour de lui, une dizaine de pionniers aux joues roses le couvaient d'un regard enamouré.

Sans doute ce peintre avait-il été félicité pour sa composition, en 1988, peut-être même en avait-il été fier. Il préférerait certainement, aujourd'hui, oublier sa contribution à une dictature.

Nous sommes restées un long moment dans ce débarras, au cœur du communisme défunt.

Nous y avons échangé des souvenirs d'enfance. L'ex-président en faisait partie. Nous avons pouffé de cette vanité commune à tous les chefs d'État, qui aujourd'hui exigent des photographes qu'ils photoshoppent leurs bourrelets, leurs rides, leur petite taille.

Sur le livre d'or du musée, nous avons laissé ces quelques lignes : ce tableau était de mauvais goût et risible, et ce qui l'était encore plus, c'était d'imaginer que le cacher ferait disparaître la collaboration des mémoires.

Mais peut-être est-ce moi qui en ai fait preuve, de mauvais goût, ce jour-là, en m'intéressant au contenu d'un débarras plutôt qu'aux œuvres exposées dans le musée.

Ceux dont on dit qu'ils ont bon goût me fascinent. Les côtoyer fait ressurgir un complexe d'infériorité enfantin. J'admire leur façon de s'habiller « d'un rien », de meubler leur appartement avec sobriété. À leurs côtés, on se sent grossière, mal fagotée.

Notre goût n'est pas inné, c'est un révélateur social impitoyable du décor dans lequel on a grandi, des études auxquelles on a eu accès. Le « bon goût » est un héritage de savoirs et, aussi, de l'assurance qui va avec ces savoirs.

On affirmera que les peintres impressionnistes sont « populaires » car ils sont « faciles d'accès », on décrètera que tel film acclamé est trop « grand public », on parlera des « gens » sans jamais s'y inclure.

Pendant l'écriture de *La Petite Communiste qui ne souriait jamais,* je me souviens d'avoir lu quantité d'articles fustigeant le « mauvais goût » de Nadia Comăneci à son arrivée aux États-Unis en 1989, elle venait de fuir la Roumanie.

À défaut de noter les prestations de la gymnaste, on passait sa mise au crible : le « bleu criard » de son fard à paupières, le blond « cheap » de ses cheveux, l'« inélégance » de son blouson en faux cuir, tout ceci était « typique » de l'Europe de l'Est.

Il y a quelques années, dans le cadre d'une résidence européenne, on m'a chargée de faire connaître Bucarest à un couple d'artistes scandinaves. Ceux-ci ne s'intéressaient ni à la splendeur orthodoxe des églises, ni aux bâtiments Art nouveau, pas plus qu'aux performances improvisées de poètes dans des maisons victoriennes à l'abandon. Ils étaient en quête de tout autre chose : des preuves de ce qu'ils qualifiaient de « kitsch ». Ils se prenaient en photo devant la vitrine d'une échoppe, un index pointé vers des blouses de ménage désuètes, en synthétique fleuri. Ils moquaient ostensiblement les talons très hauts d'une serveuse dans un café, se montraient dubitatifs lorsque je vantais la vitalité de la scène rap bucarestoise.

Ces artistes ont récemment fait l'objet d'un reportage dans un magazine de déco ; l'article vantait leur « goût très sûr ». Je me souviens de la brutalité de ce goût, de leur certitude d'en être les dépositaires.

Mon goût est mal rangé. Il ignore la hiérarchie, il mêle les chansons pailletées des comédies musicales aux danses roumaines de Bartók, les pages sublimes des livres de Paul Nizan à celles d'auteurs décrétés médiocres, dont les romans, à l'adolescence, m'ont émue.

Un certain mauvais goût m'a sans doute été transmis : celui de grands-parents qui conservaient un bric-à-brac d'objets de rien, sans valeur, sans qualité esthétique : des souvenirs de pays quittés à la hâte. Une certaine gêne, aussi, m'a été transmise : le sentiment de ne pas être à ma place là où on en décide, du bon goût.

Lorsqu'il m'a été proposé de passer une nuit dans le musée de mon choix, à aucun moment je n'ai envisagé de me rendre dans un musée d'art. Je les visite avec plaisir mais je ne me sens pas légitime à donner mon avis sur ce qui y est exposé.

Oser pousser la porte d'un musée dit qu'on ne craint pas de s'y perdre. C'est un territoire où déambulent ceux qui en connaissent les usages ; les autres en admirent le décor, des invités attentifs à ne rien déranger, qui liront tous les panneaux explicatifs et écouteront les explications prodiguées par un audioguide.

Les habitués y discutent comme dans un café, les autres chuchotent, comme dans un lieu de culte.

Ma grand-mère parlait trois langues : le polonais, le yiddish, le français. C'était une survivante qui conjuguait le verbe « lutter » à l'impératif ; elle ne manquait jamais de le rappeler, il fallait, il faudrait combattre si d'aventure *ça* recommençait.

Mais qu'elle me raconte une émission de radio consacrée à un écrivain ou à un metteur en scène et sa voix se métamorphosait. C'était l'intonation émerveillée d'une ancienne jeune fille née à Lublin, qui avait désiré, voulu, rêvé, mais qui n'avait rien pu, rien eu.

Ma grand-mère était une affamée, une femme empêchée, qui est restée à la porte des lieux de culture. Ils la surplombaient, l'intimidaient. L'art ne lui était accessible que raconté par d'autres. Elle leur vouait un amour démesuré, les appelait par leur prénom, les citait. Bernard Pivot, Jacques Chancel, Ève Ruggieri.

Ida est née en Pologne, autour de 1914, à Lublin, une ville qu'on surnomme alors l'Oxford juive, où foisonnent les cultures théâtrales, littéraires, religieuses et scientifiques.

La mort prématurée de son père, un instituteur, fait basculer sa famille modeste dans la pauvreté : à l'âge de huit ans, elle doit quitter l'école pour travailler, elle fera le ménage chez de riches Polonais. Le soir, des bénévoles du quartier, militants du Bund (un mouvement de travailleurs socialistes juifs laïcs) lui apprennent quelques rudiments d'histoire et de mathématiques et aussi à lire et à écrire.

Son grand frère, lui, a quitté son pays pour la France en 1925 à l'âge de quinze ans, écœuré d'y être en proie à un antisémitisme quotidien. Il l'a tellement répété à sa sœur : il n'y a aucun avenir pour eux en Pologne.

Il lui envoie une carte postale, avec ces mots : « Viens à Paris. »

1930. Ida n'a pas le temps d'apprendre à lire le français, mais qu'importe : ce qu'on exige d'elle, dans le salon de coiffure parisien où elle est manucure, c'est qu'elle se montre adroite et souriante.

Le jeune homme qu'elle rencontre dans un bal d'immigrés russes répond à autant de prénoms que de pays quittés : né Grichka en Russie, renommé Herschel, puis Zwi, lors de son passage en Palestine, en France, il sera Georges le groom, le chauffeur de taxi, l'homme à tout faire, le vendeur de bibles à la sauvette et même l'ordonnance du maréchal Juin.

Ils se marient, tous deux rêvent d'être naturalisés, bientôt ils seront des Français ordinaires. Mais la fiction d'une France de liberté-égalité-fraternité est de courte durée : la loi promulguant le statut d'exclusion des juifs est votée le 3 octobre 1940.

Ida apprend à sa fille – ma mère – à se taire avant qu'elle sache parler. À ne pas donner son vrai nom, aux consonances étrangères. Ida et Georges cachent leur fille dans des granges, des couvents et aussi au sein de ces familles protestantes qui leur ouvrent la porte, du village de Vif en Isère jusqu'à celui du Chambon-sur-Lignon en Haute-Loire.

1945. Ils ont survécu. Ida et Georges rentrent enfin chez eux, à Paris ; la serrure de l'appartement a été changée, des inconnus s'y sont installés. Leurs meubles, leur vaisselle, les voisins se les sont partagés. Le reste a été jeté aux ordures : les papiers officiels, les lettres des frères et sœurs restés en Pologne, en Russie, leurs photos de famille. On pensait que vous ne reviendriez jamais, dit la gardienne eu guise d'explication. De leur passé, il ne reste rien. Ida a une trentaine d'années. Deux enfants. Des crises d'angoisse. Des cauchemars récurrents qu'elle anesthésie à coups de tranquillisants. La tuberculose. Un mari dévasté, dont les parents et les sœurs sont morts au camp d'Auschwitz-Birkenau.

Les deux grandes sœurs d'Ida, elles, sont mortes de faim, prisonnières d'un ghetto en Pologne.

Ida n'a eu le temps et le loisir d'apprendre à lire et à écrire le français qu'à soixante ans passés.

Les cartes postales qu'elle m'adressait étaient signées de son prénom, mais écrites par mon grand-père. Elle éprouvait de la gêne à me dévoiler son écriture malhabile d'enfant.

Mais si elle n'écrivait pas, elle entendait tout à la littérature.

C'est une bibliothèque de décor télévisé qui l'y a invitée, celle de l'émission *Apostrophes*. Bernard Pivot régnait sur les vendredis soir de ma grand-mère. Il mettait fin à toute conversation téléphonique – *je raccroche, il y a* Apostrophes.

Elle s'émerveillait, ils venaient à elle, Nabokov et Kundera, elle les rencontrait, Duras et Truffaut. La France d'*Apostrophes* palliait celle des voisins qui prononçaient son nom de famille avec suspicion.

Ida n'a trouvé de repos qu'au sein de fictions, ces romans qu'elle a commencé à déchiffrer avec lenteur à plus de soixante-dix ans.

C'est elle, Ida Goldman, la raison de ma nuit dans l'Annexe ; elle qui m'a offert, j'avais une dizaine d'années, une médaille dorée frappée du portrait d'Anne Frank. La maladresse de ce portrait peu ressemblant offre à Anne Frank le futur qu'elle n'a pas eu : elle paraît âgée d'une quarantaine d'années. Cette médaille, m'expliqua ma grand-mère, il me faudrait toujours la conserver. *N'oublie pas.*

Certains objets sans valeur nous sont intimement précieux. Ils témoignent d'un être, d'un amour, d'un lieu qui n'est plus. On ne peut supporter l'idée de les perdre, mais on a du mal à les regarder, tant leur pouvoir d'évocation est puissant. On les conserve au secret, dans une boîte, une enveloppe, en lisière de mémoire.

Jusqu'à ma nuit dans l'Annexe, ces « choses » auxquelles je tiens tant semblaient n'avoir rien en commun, sauf ma crainte de les égarer.

Ma médaille Anne Frank, un chapelet aux perles de plastique bleu, une dizaine de lettres rédigées sur des feuilles d'une transparence de ciel. Et le photomaton de l'adolescent qui me les a écrites. Un adolescent vêtu d'un pull marin, ses cheveux soigneusement lissés pour la photo.

La nuit les a réunis.

La nuit n'est plus. Il est 5 heures 34 ; j'ai dormi une heure. Au réveil, pendant quelques instants, le vide de l'Annexe m'égare, je ne reconnais rien mais son regard me rappelle au présent : le portrait encadré de Margot Frank.

Margot fait penser à ces amies d'adolescence à qui on confiait tout et qu'on quittait en réalisant que d'elles, on ne savait pas grand-chose. Le genre de fille qui brillait dans toutes les matières mais à qui on ne parvenait pas à en vouloir : elle excellait avec simplicité. Le genre de fille dont l'humour ironique surgissait juste au moment où on s'apprêtait à la trouver trop sérieuse.

Le 16 mai 1944, Anne rédige une liste admirative de ce qu'étudie sa grande sœur en clandestinité : l'anglais, le français, le latin, la géométrie, la physique, la chimie, l'algèbre, la littérature anglaise, française, allemande, néerlandaise, la comptabilité, la géographie et l'histoire, la biologie et l'économie. Elle prend aussi des cours de sténo et s'intéresse à la mécanique. Ses lectures ? Tout ce qui lui tombe sous la main, avec une prédilection pour ce qui a trait à la religion et à la médecine.

Margot est également très sportive, elle pratique l'aviron sur l'Amstel. À l'été 1941, Roos van Gelder, l'entraîneuse, prend son équipe en photo. Vêtues de shorts blancs et de chemisettes, elles tentent de fixer l'objectif, étourdies de soleil. On devine les restes d'un pique-nique sur l'herbe ; une jeune fille lèche avec appétit son assiette tandis que Margot, à sa droite, éclate de rire, le visage renversé, au ciel. Quelques semaines plus tard, une nouvelle loi la force à quitter l'équipe et son lycée pour intégrer un établissement réservé aux juifs.

Margot, point de départ de l'histoire, pour laquelle les Frank précipitent leur entrée en clandestinité. Margot-mystère, dont le journal n'a jamais été retrouvé, des pages perdues d'une vie interrompue.

Des pages que quelqu'un, peut-être, à Amsterdam, a conservées. Quelqu'un, peut-être, les a lues. Et peut-être ce quelqu'un a-t-il raison de ne pas les partager avec nous, de garder Margot au creux du passé, protégée des interprétations, des analyses et des passions. Margot Frank, qui s'est mise à sangloter silencieusement quand les nazis ont envahi l'Annexe. Margot la grande sœur, dont son père disait qu'il n'oublierait jamais son regard quand ils furent séparés à Auschwitz.

Margot, qui rêvait de devenir infirmière ou sage-femme en Palestine, après la guerre.

En dessin, le point de fuite est « ce point imaginaire destiné à aider le dessinateur à construire son œuvre en perspective ». En anglais, on parle du *vanishing point.* Margot disparue, évanouie dans l'histoire, est mon point de repère dans le Musée, celle qui m'indique le chemin.

Son regard me suit, elle m'interroge : alors ?

Dans une heure, je sortirai. Je ne vais quand même pas m'en aller comme ça ? Sans avoir pris le temps de saluer la gamine, sa petite sœur ?

Le carillon de l'église a retenti et j'ai arrêté d'aller et venir, de fuir. Il était 6 heures du matin. J'étais tellement en retard que ça n'avait plus d'importance.

Les caméras de surveillance ne savent rien de nos rythmes cardiaques, sans doute semblais-je sereine quand j'ai poussé la porte de la chambre d'Anne Frank.

J'ai murmuré son nom, gauche et embarrassée : je ne savais toujours pas comment l'appeler, Anne Frank, Anne. Les vraies images, sur le mur, étaient jaunies, pour certaines déchirées. Elles se superposaient, s'annulaient, au rythme des désamours de la jeune fille. Une mosaïque pop qui s'en fichait, du bon goût : des chimpanzés réunis autour d'une table côtoyaient des fillettes trop blondes, la *Pietà* de Michel-Ange effaçait la silhouette d'une patineuse collaborationniste, Michel-Ange et Hollywood s'inclinaient devant une princesse rieuse âgée de douze ans à peine, Élizabeth d'York.

J'ai pensé à ces autres princesses, au corps de douleur et de sueur, qui feignent d'être légères, toutes de tulle et de satin : les princesses Aurore et les Sylphides, ces cygnes blancs ou noirs des grands ballets classiques. Les danseuses sont des messagères de l'ineffable ; elles portent la grâce éteinte d'une ancienne étoile, oubliée. La danse se transmet geste par geste, d'une danseuse à l'autre, la plus infime inflexion d'un poignet se « confie », comme un secret.

Que fallait-il faire de ce qui nous était légué ? Comment marcher sur des traces sans les effacer ?

Le vide du début de la nuit s'est mué en une brève quiétude, une parenthèse. J'étais au bord de l'abîme mais je n'avais plus peur.

Je me suis assise à même le sol de *cette* chambre. J'ai ouvert mon cahier et, sans réfléchir, j'ai écrit un nom et un prénom. Deux syllabes. Dans la chambre désolée d'une jeune fille dont la terre entière connaissait le nom, s'est glissée la silhouette d'un jeune homme inconnu de vous. Il a quinze ans pour l'éternité. Il pose sur un photomaton que je garde rangé avec ma médaille Anne Frank.

Quelques jours avant de me rendre à Amsterdam, sans raison particulière, j'ai acheté ce livre paru en 2015 : *L'Image manquante* de Rithy Panh et Christophe Bataille. Dans mon carnet, j'ai noté ce paragraphe :

« Depuis des années, je cherche une image qui manque. Une photographie prise entre 1975 et 1979 par les Khmers rouges, quand ils dirigeaient le Cambodge. À elle seule, bien sûr, une image ne prouve pas le crime de masse ; mais elle donne à penser ; à méditer. À bâtir l'histoire.

Je l'ai cherchée en vain dans les archives, dans les papiers, dans les campagnes de mon pays. Maintenant je sais : cette image doit manquer.

[…] Certaines images doivent manquer toujours, toujours être remplacées par d'autres : dans ce mouvement il y a la vie, le combat, la peine et la beauté, la tristesse des visages perdus, la compréhension de ce qui fut ; parfois la noblesse, et même le courage : mais l'oubli, jamais. [...] Et cette image manquante, maintenant, je vous la donne, pour qu'elle ne cesse pas de vous chercher. »

Le jeune homme en pull marin est une image manquante et je vous la donne. Je ne parle jamais de lui parce qu'il est impossible d'évoquer sa vie sans pleurer sa mort. Je n'ai jamais écrit son nom ailleurs que dans mon journal intime. Il n'est le sujet d'aucune fiction car je me refuse à le dissimuler derrière un personnage : le réel a, envers lui, une dette infinie, la vie doit lui faire une place.

Là, peut-être, dans cette chambre, le nom du jeune homme pourrait être prononcé.

De sa vie, je ne peux faire qu'un court récit, celui d'une dizaine de jours que nous avons passés ensemble. Ces mots, « passer du temps ensemble », disent les instants que nous partageons, entre vivants. On ne compte pas le temps passé avec les morts, à *être* ensemble, de façon tangible, par le biais de la mémoire, d'objets qui nous les rappellent, de lettres échangées.

La fin de son histoire, je la suppose, je la sais, tout en évitant depuis des décennies de l'imaginer.

En 1976, le jeune homme a quinze ans, il est pensionnaire dans un lycée parisien ; ses parents, eux, vivent à Bucarest, son père travaille à l'ambassade du Cambodge.

Un jour de mars, celui-ci reçoit un document officiel qui lui ordonne de rentrer à Phnom Penh : il est démis de ses fonctions.

Le père du jeune homme est l'un des derniers représentants encore en poste de l'ancien régime, les autres employés sont rentrés au pays depuis des mois, depuis que Pol Pot et ses Khmers rouges ont pris le pouvoir le 17 avril 1975.

Le père appelle son fils, le somme de venir au plus vite à Bucarest. De là, ils rejoindront leur pays, en famille.

La capitale roumaine est, pour le jeune homme, une escale d'une dizaine de jours, un sas entre sa vie de lycéen parisien et celle, inconnue, qui l'attend au Cambodge.

Tandis que ses parents organisent le déménagement, le jeune homme, lui, ne sait que faire, dans cette ville où il ne connaît personne.

On lui confie son petit frère, ils n'ont qu'à aller se promener à Cişmigiu.

Ce parc, le plus ancien de la ville, est un lieu protégé de l'esthétique communiste. Des ponts de bois relient des îlots artificiels jonchés de nénuphars, un kiosque à musique et des guinguettes rappellent les Buttes-Chaumont.

Assis sur un banc, le jeune homme lit, sans se préoccuper du frère qui joue avec des gamines de son âge. Trois fillettes entre huit et dix ans.

L'une est rousse et hollandaise, ses parents travaillent à l'ambassade des Pays-Bas. L'autre, la plus âgée du groupe, est roumaine, elle vit seule avec sa mère dans un appartement de banlieue. Je suis la benjamine blonde de ce trio, j'habite tout près du parc.

Le petit frère, qui est dans ma classe, nous présente fièrement son aîné : il vit à Paris ! Et plus tard, il sera diplomate, comme leur père. Certainement pas, rétorque le jeune homme, agacé ; ni diplomate, ni militaire, contrairement au souhait de sa mère. Plus tard, il lira des romans toute la journée et il écoutera de la musique, voilà ce qu'il fera.

Sans doute s'ennuie-t-il un peu, ce premier après-midi, à nous regarder tracer des marelles géantes sur le bitume, à écouter nos anecdotes d'écolières.

Sans doute revient-il, le lendemain, car il n'a nulle part où se rendre.

Nous, nous sommes surprises et ravies d'avoir un presque adulte comme interlocuteur, un lycéen, de ceux qui, d'ordinaire, ne nous jettent pas un regard.

Ce jour-là, il n'aura pas le temps de lire une page : nous voulons tout savoir de Paris, de son pensionnat, de ses amis, des disques qu'il écoute, son monde nous est triplement étranger : celui d'un garçon, adolescent et qui vit à l'Ouest.

Nous l'entraînons dans notre univers.

Là, ce bâtiment en ruines, c'est un ancien monastère, on dit qu'un passage souterrain s'y dissimule mais on n'a jamais osé s'y risquer. En hiver, nous faisons du patin à glace sur le lac, ici, et tout à l'heure, nous organiserons une course en patins à roulettes le long de cette allée circulaire, la Rotonda scriitorilor, la rotonde des écrivains. Les douze statues sont celles d'auteurs célèbres.

Lui qui semble aimer lire, connaît-il Mihai Eminescu ? On a appris une de ses poésies, la semaine dernière, à l'école :

Un demain à tes jours s'ajoute
Un hier à ta vie se soustrait
Mais cependant, devant toi-même
C'est l'aujourd'hui seul qui paraît.

Nous le questionnons : comment va-t-il rattraper ses cours s'il ne va plus au lycée ? Et pourquoi doit-il rentrer au Cambodge ?

Je n'ai, aujourd'hui, qu'un vague souvenir de la réponse qu'il nous fait. À huit ans, on ne s'intéresse pas beaucoup à la politique. Je me souviens qu'il nous explique le jeu diplomatique des remplacements ; ses parents ont pu rester à Bucarest après le changement de régime parce que son père n'occupe pas une fonction importante à l'ambassade.

Pour le reste, le jeune homme n'a qu'une vague idée de ce qui se passe au Cambodge, il connaît le nom du Premier ministre, c'est un communiste, voilà tout.

Peut-être son ignorance est-elle réelle : il est à Paris lorsque les Khmers rouges envahissent Phnom Penh en avril 1975. Si le jeune homme lit la presse, celle-ci s'émeut de « l'enthousiasme populaire évident » des habitants de Phnom Penh, se réjouit que « pas une goutte de sang n'ait été versée ».

Mais peut-être, aussi, qu'au printemps 1976 le jeune homme se doute-t-il que ce récit occidental est une terrible révision du réel. Ce jour-là, il ne nous en dira rien.

Nous le connaissons à peine mais déjà nous ne parlons que de lui à la récréation. Nous nous émerveillons de son style, si parisien : il porte des jeans et des tee-shirts Fruit of the Loom, introuvables à Bucarest. Et à part ça, qu'a-t-il de si extraordinaire, nous demandent nos camarades de classe ? Il nous écoute. Il nous questionne. Et s'il confond nos prénoms, il s'en excuse.

Nous convenons de nous retrouver au parc après l'école, pile à l'endroit où nous l'avons rencontré. Lorsqu'il apparaît enfin, nous courons à sa rencontre. Il a beau se boucher les oreilles d'un geste théâtral – comment des gamines peuvent faire un vacarme pareil –, il est revenu, sans son petit frère, rien que pour nous.

Mais, ce deuxième jour, sa mine soucieuse – ses copains de classe lui manquent –, sa tristesse un peu lasse, nous touche, en même temps qu'elle nous ravit, car elle nous offre un défi : l'en distraire, égayer le jeune homme.

Pas question qu'il reste assis sur son banc. Nous le déclarons arbitre du concours d'élastique. Nous inventons de nouvelles règles. Le jeune homme sourit. Il rit, même, de nos fanfaronnades, de nos chutes quand on s'essaye à un salto arrière pour l'épater.

Il s'amuse de nos références télévisuelles, si datées : personne, en France, ne regarde plus *Ma sorcière bien-aimée* ! En retour, quand il demande à apprendre quelques formules de politesse en roumain, nous lui enseignons nos injures favorites.

Le soir, au dîner, je l'évoque pour la première fois. Qu'est-ce qu'un garçon de quinze ans peut bien trouver à des gosses ? La suspicion à peine voilée de mes parents m'indigne. Ils ne sont que logique comptable, s'étonnent : ça n'a pas de sens, tout cet amour pour un quasi inconnu.

Amoureuse, moi ? Bien sûr que non. C'est tout petit, l'amour, ça rend jaloux et inquiet, quand aucune de nous ne veut se l'accaparer, le jeune homme. Cette rencontre, nous la partageons, elle nous relie, elle nous entraîne comme un refrain.

Les enfants ont tout le temps du monde, alors ils en font bon usage : ils l'oublient. Le temps n'existe pas, le temps s'incline devant les années qui nous séparent : nous nous hâtons de grandir, tandis que le jeune homme, lui, s'échappe momentanément de sa vie de presque adulte pour redevenir un môme.

Il revient au parc le jour suivant et celui d'après.

C'est un gamin, maintenant, qui s'esclaffe à nos blagues, qui se goinfre de glaces à la vanille en guise de déjeuner, qui s'essaye maladroitement au poirier sur la pelouse, qui égare ses lunettes plusieurs fois par jour, qui décrète qu'il faut dresser mon chien puis, aussitôt, se ravise et le couvre de baisers, c'est un gamin qui réclame de rejouer à 1, 2, 3, soleil quand nous en sommes lassées, un mauvais perdant qui triche aux cartes, un gamin préoccupé, aussi, de devoir bientôt faire le tri dans ses affaires, tout ce fatras qu'il a rapporté de Paris, vêtements, disques, livres. Ses parents l'enjoignent de s'y mettre, pas question de voyager trop chargé. Il ne faut prendre que l'essentiel. Ils reviendront chercher le reste plus tard, quand ils seront installés à Phnom Penh.

Qu'en sait-il, lui, de l'essentiel, soupire-t-il. Il se tourne vers nous, à chacune il demande : que prendrais-tu ?

Ravie de ce nouveau jeu, flattée d'être questionnée, je passe en revue mes possessions : je n'irais nulle part sans mon singe en peluche, mon justaucorps, ma collection de *Fantômette*, mon chien et surtout mon journal intime.

Fait-il semblant d'ignorer que tout ceci n'est pas un jeu ?

Le printemps est d'un bleu de matin, l'hiver se dissout dans la douceur acidulée des freesias. On l'avait presque oublié, le temps ; les dix jours sont écoulés.

Demain, le jeune homme quittera Bucarest.

Notre dernier après-midi est un tourbillon de tristesses maquillées en fous rires ; nous lui offrons un bouquet de fleurs arrachées aux parterres du parc. Nous lui déclamons un poème, écrit à son intention ; nous avons répété une chanson, que nous entonnons, je danse, devant les passants éberlués, un extrait de *Casse-Noisette*, pieds nus sur le gravier.

Nous voudrions qu'il promette de revenir en juin, qu'il assiste au spectacle de fin d'année de l'école. Nous voudrions qu'il nous jure qu'il sera là en juillet, on irait tous ensemble à la mer, à Constanța.

Il se moque de nous, grinçant : nous chantons faux, je danse mal, nous ne sommes pas très douées, il n'en a rien à faire des spectacles de mioches ; puis, les larmes aux yeux, il se lève brusquement. On n'a qu'à se quitter tout de suite, là, maintenant, il déteste les adieux.

Il est parti.

Il nous manque. Sa disparition nous fait découvrir ce malaise inexprimable qu'en roumain on appelle le *dor*, un mélange doux-amer de nostalgie, de mélancolie et de joie, celle d'avoir aimé.

Un matin, la plus âgée du groupe fond en larmes à la récréation, ses parents lui ont raconté « des choses » sur le Cambodge ; elle murmure ceci, que je recopie dans mon journal : on s'en souviendra toute notre vie, de cette rencontre.

Le 25 avril, quand je rentre de l'école, je trouve une enveloppe dans la boîte aux lettres ; le jeune homme m'a écrit.

Je n'ai jamais reçu de courrier, sauf des cartes postales envoyées par mes grands-parents. J'attends d'être seule dans ma chambre pour lire sa lettre, elle est postée de Moscou, où la famille fait une halte de quelques jours. Les parents du jeune homme y ont travaillé, avant d'être en poste à Bucarest.

Je découvre la façon dont il aime entrecouper ses phrases de parenthèses qu'il oublie parfois de refermer, je découvre la musique de ses mots tus, qu'il préfère écrire.

Il me raconte en détail ce qui s'annonce comme un périple. Bucarest-Moscou-Pékin, en train, et de là, ils prendront l'avion pour Phnom Penh.

Les couchettes du train sont très inconfortables, ses parents sont irritables, la promiscuité lui pèse, il ne cesse de se disputer avec ses frères. Il se sent seul, aussi. À Moscou, il s'ennuie. Il faut faire le tour des amis de ses parents, leur dire au revoir, assister à des dîners interminables entre adultes. Nous écrire lui fait du bien, c'est un peu comme si on se parlait. Il aimerait tellement avoir de nos nouvelles, mais il n'a pas encore d'adresse fixe.

Que je veuille bien lui pardonner sa mauvaise humeur le jour de son départ. Il était ému de nous quitter.

Les P.-S. se succèdent : au fait, comment va mon chien ? Au fait, est-ce que j'ai finalement compris ce problème de maths qu'il m'a expliqué ?

Au fait, nous avons été, pour lui, des petites sœurs.

Dans mon journal, je lui réponds sur des pages entières ; plus tard, je les lui enverrais.

Écrire est un geste d'espoir obstiné, la preuve d'une espérance insensée. Le jeune homme me réécrit et si son quotidien est celui, morne, de longues heures passées dans un train, il n'en raconte plus grand-chose.

Il décide d'un autre horizon, il empoigne le temps, le soumet à un bras de fer, il me projette dans le futur : il s'amuse à m'imaginer jeune femme. Mon avenir fantasmé se déploie sur des feuilles et des feuilles d'un bleu fragile, celles que lui a offertes l'employé du train soviétique, toutes les pages de son cahier sont remplies.

Quand tu seras grande...

Peut-être seras-tu avocate ? Ça t'irait bien, avec toute cette mauvaise foi quand tu perds à un jeu.

Peut-être seras-tu plutôt détective ou journaliste, toi qui notes tout dans ton cahier ?

Si mon futur me vaut des pages entières, le sien, il ne l'évoque que parcimonieusement, du bout des mots. Le futur est conditionnel. *Ma première vie est finie,* écrit-il. *Si je savais à quoi ressemblera la suite...*

Il l'aimait bien, son quotidien de lycéen, surtout les cours de français. Tiens, pour rendre hommage à la Rotonde des écrivains du parc Cişmigiu, voici quelques vers étudiés en classe ; désolé, il ne se souvient que de ça, qu'Apollinaire lui pardonne :

L'amour s'en va comme cette eau courante
L'amour s'en va
Comme la vie est lente
Et comme l'Espérance est violente

Il nous écrit. Nous nous lisons mutuellement nos courriers.

Il m'écrit. Et il a tant à dire qu'il déborde jusqu'aux marges, il griffonne en biais, en rond, les mots s'inclinent, il les entraîne dans un galop de souvenirs : on s'est bien amusés, quand même, au parc, avec nos jeux idiots. Quelques phrases se pressent tout en bas de la page, elles se serrent les unes aux autres, *je sens en moi un déchirement. J'ai l'impression de m'éloigner de vous qui êtes mon dernier lien avec la première partie de ma vie. Elle va complètement changer. Je crois. Je donnerais tout pour que...*

Il se ravise, rature la suite jusqu'à la rendre illisible.

Nous tentons de déchiffrer ce qu'il a décidé de ne pas partager avec nous. Quelque chose est infiltré, là, qui nimbe les phrases du jeune homme d'une pesanteur nouvelle.

Je lis la lettre à mes parents, ils ne me disent rien. Peut-être ne savent-ils pas, encore. Ou peut-être jugent-ils impossible de m'expliquer le « programme » politique de Pol Pot. Peut-être ont-ils lu, dans un quotidien, la liste de ceux que les Khmers rouges appellent un « sous-peuple impossible à rééduquer » et qu'ils assassinent méthodiquement.

Les journalistes, les médecins, les avocats, les bouddhistes, les musulmans, les Chams, les chrétiens, les intellectuels, les enseignants, les cadres, les diplomates. Les étudiants. Ceux qui parlent une langue étrangère. Et ceux qui portent des lunettes.

Sa dernière lettre est postée de Pékin, elle est datée du 4 mai.

La famille s'y arrêtera une semaine, puis ils prendront l'avion pour Phnom Penh. Le gamin n'est plus, il s'est mué en un adulte d'une sagesse triste : *Demain c'est mon anniversaire, on ne le fêtera pas, c'est pas grave, le temps n'est plus aux amusements, maintenant. On va se perdre de vue un bon moment, je crois que je ne pourrai pas t'écrire du pays avant longtemps.*

Alors, pour pallier l'absence, en gage d'amitié, il m'offre ceci, qu'il glisse dans l'enveloppe : son chapelet bleu ciel, aux perles de plastique, *tu sais ce qu'il représentait pour moi. Puisses-tu croire en ce que tu veux, puisses-tu croire.*

L'autre soir, il a réécouté ses disques favoris, ceux qu'il a achetés à Paris. Ses parents craignent de payer un supplément de bagage, il lui faut finalement les laisser à Pékin.

Alors il s'est offert un magnifique concert, qui réunirait sur une même scène Blondie, Jacques Higelin et les Bee Gees.

Cette chanson, en particulier, il l'a passée et repassée.

Elle est très vieille mais elle n'a pas d'âge. Elle me bouleverse, je ne sais pas pourquoi. Plus je l'écoute plus son sens m'échappe, il me faudrait des années, encore, à l'écouter. Ou peut-être qu'il ne faut pas essayer de la comprendre ni de l'expliquer.

I started a joke
Which started the whole world crying

[...]

Till I finally died, which started the whole world living
Oh, if I'd only seen that the joke was on me

Les dernières phrases de sa dernière lettre ressemblent à une prière discrète, à un adieu qui se voudrait nonchalant.

Faisons un pacte, si tu veux bien : quand tu écouteras cette chanson, tu penseras à moi.

P.-S. Ne m'oublie pas trop vite quand même.

P.-S. 2 Je te demande de ne pas m'oublier trop vite.

Quand j'écouterai cette chanson je penserai à toi, Charles Chea. Mais je ne parviens pas à écouter cette chanson sans penser à toi alors je n'écoute pas cette chanson.

P.-S. Dans le clip vidéo de *I Started A Joke*, des points d'interrogation noirs flottent au ralenti, dessinés autour des musiciens.

P.-S. 2 Je suis devenue écrivaine.

Charles Chea avait quinze ans, il était lycéen, il parlait trois langues, il portait des lunettes, ses parents étaient diplomates, sa mère était chrétienne.

Pour les Khmers rouges, Charles Chea ne fut qu'une tache à effacer, un cancer à éradiquer, un adolescent à abattre.

Il m'a ouvert la porte de la chambre d'Anne Frank. Que le jeune homme lui soit une présence amicale, au travers des années qui les séparent.

Comment raconter la fin d'une histoire sans la clore, si ce n'est en y laissant des silences, comme en musique : une respiration entre deux notes, la promesse d'une suite.

Ils n'ont pas *disparu*, ils sont là, les absents. Ils persistent et la trace que laisse leur absence est une question.

Que faire d'une seule nuit, il faudrait des années pour y répondre. Il y a si peu de temps, il n'y en aura jamais assez. Il n'y aura jamais assez de vivants pour répondre aux morts.

Qu'elle nous cherche, leur absence, qu'elle ne cesse pas de nous chercher.

J'ai quitté la chambre aux murs d'images. Elle résonnait de trop de voix. Il y avait trop de monde autour d'elle et, aussi, jamais suffisamment. Anne Frank n'appartenait ni à son père, ni aux producteurs de films, ni même aux historiens et certainement pas à moi. Je savais qu'il fallait cesser d'en réclamer la propriété, même si, surtout si, nous avions tous envie de la serrer dans nos bras.

J'ai abandonné le talkie-walkie sur le lit de camp. J'ai salué Margot. Les sols du Musée contemporain étaient humides, il s'en dégageait une odeur synthétique de lilas. Un homme en uniforme bleu m'attendait à l'accueil : il m'a tendu un paquet rectangulaire, un cadeau, de la part du Musée.

Je l'ai protégé de la pluie quelques instants, puis, finalement, je l'ai déballé en pleine rue : une photo encadrée, en noir et blanc, de la fenêtre du grenier. Celle par laquelle on peut voir, en se penchant, un extrait de ciel, l'unique échappée d'un reflet.

Merci à Ronald Leopold, Saskia Matheron et Teresien da Silva, ainsi qu'à Gladys Herman, de la Maison Anne Frank.

Merci à Margot Dijkgraaf pour son châle.

Merci à Laureen Nussbaum, elle m'a été essentielle.

Merci à Rosetta Musaph-Andriesse dite Ted pour le thé, la confiance et ses mots.

Merci à Florence Illouz et à Marc Semo, grâce auxquels j'ai rencontré Henriette Asséo et Annette Wieworka : tous les quatre m'ont conseillé des ouvrages qui m'ont été précieux.

Ce livre doit aussi beaucoup à *L'Intégrale Anne Frank* (Calmann-Lévy) qui rassemble tous ses écrits et des essais de Mirjam Pressler, Gerhard Hirschfeld et Francine Prose.

Merci à Jeanne Bloch, qui m'a présenté Anat Meruk, laquelle m'a présenté David Wertheim de l'Institute for Jewish cultural and social studies d'Amsterdam.

Merci à Burint Saray d'avoir pris le temps et la peine d'écouter l'histoire de Charles Chea et de me parler.

Merci à Alina Gurdiel pour sa foi en cette histoire, ainsi qu'à Manuel Carcassonne et Paloma Grossi.

Merci à Marie-Catherine Vacher, toujours.

Merci à Isabelle Lafon, sa présence.

Merci à mon premier lecteur, Luis Pitiot.

Je ne peux te remercier, Olivier Lambert, pour toutes ces galaxies, l'histoire continue.

Pour Jeanne, maman.

Collection *Ma nuit au musée*
dirigée par Alina Gurdiel

anne frank house

DANS LA MÊME COLLECTION

Le peintre dévorant la femme, *Kamel Daoud*
Marcher jusqu'au soir, *Lydie Salvayre*
Nuit espagnole, *Adel Abdessemed et Christophe Ono-dit-Biot*
La leçon de ténèbres, *Léonor de Récondo*
Il y a un seul amour, *Santiago H. Amigorena*
Nu avec Picasso, *Enki Bilal*
Éphèmère, *Bernard Chambaz*
Le parfum des fleurs de la nuit, *Leïla Slimani*
Les muses ne dorment pas, *Zoé Valdés*
Comme un ciel en nous, *Jakuta Alikavazovic*
L'Arche de Titanic, *Éric Chevillard*
Le Musée national, *Diane Mazloum*

Cet ouvrage a été composé
par Nord Compo à Villeneuve-d'Ascq
et achevé d'imprimer sur Roto-Page en novembre 2022
par l'Imprimerie Floch à Mayenne
pour le compte des éditions Stock
21 rue du Montparnasse, 75006 Paris

PAPIER À BASE DE
FIBRES CERTIFIÉES

Stock s'engage pour
l'environnement en réduisant
l'empreinte carbone de ses livres.
Celle de cet exemplaire est de :
500 g éq. CO_2
Rendez-vous sur
www.editions-stock-durable.fr

Imprimé en France

Dépôt légal : août 2022
N° d'édition : 07 – N° d'impression : 101508
73-54-7805/7